文春文庫

火盗改しノ字組（二）

武士《もののふ》の誇り

坂岡真

文藝春秋

目次

「しノ字組」江戸地図
寛永寺
上野
今戸
浅草寺
浅茅ヶ原
浅草
向島
日本橋浮世小路「千登勢」
三味線堀
本所
横川
神田川
柳橋
両国広小路
竪川
両国橋
日本橋新材木町「野州屋」
日本橋
小名木川
新大橋
新川河岸「治兵衛」
鎧の渡し
箱崎
深川
永代橋
八丁堀
霊岸島
大川（隅田川）
→広域図（下）参照
広域図
千住
新宿
弘法寺
市川
江戸川
八幡
新川
行徳
日本橋
深川
大川
中川

護国寺
目白台「弓組二番組 同心長屋」
根津権現
根津「下金屋」
小石川
神田上水
本郷
牛込町「喜助」
赤城明神社
湯島天
筑土八幡
筑土八幡町「堀尾道場」
神田明
神楽坂
牛込御門
駿河台
牛込
九段下
至角筈村
千鳥ヶ淵
平川町「坂巻讃岐守役宅」「獣肉屋」
鎌倉河
江戸城
麹町
大手御門
四谷御門
四谷大木戸
半蔵御門
紅葉山
四谷
北町奉行所
坂下御門
紀尾井町
赤坂御門
表伝馬町
南町奉行所
新両替町「大黒常是」
溜池
虎ノ御門
数寄屋橋御門
新橋
我善坊谷「しノ字組 同心長屋」
愛宕神社
北
西
東
南
浜御殿
芝
増上寺
古川
至 品川宿

「火盗改しノ字組」おもな登場人物

【火付盗賊改方】

〈筒組二十四番組〉

伊刈運四郎　浪々の身から、坂巻忠成の中小姓に召しかかえられるはずが、火盗改の召捕り方、通称「しノ字組」に配される。馬庭念流の遣い手。二十四歳。

杉腰小平太　供頭同心。顔の刀傷から「しノ字」と畏怖されている。

葛城翼　召捕り方同心。元本丸御小納戸役。頭取の色小姓だった。

由良鎌之介　召捕り方同心。大酒呑みであだ名は「うわばみ」。

小倉又一　召捕り方同心。笹穂槍の遣い手。あだ名は「やりまた」。

熊沢玄蕃　召捕り方同心。毛むくじゃらの巨漢で、まさに「くま」。

勝目勝之進　召捕り方与力。空威張りで人望はない。略称「かつかつ」。

根津吉三郎　書役同心。小柄な四十侍。前歯が飛び出た「ねず吉」。

猫田文悟　書役同心。居眠りばかりで「眠り猫」と呼ばれるが、似面絵の達人。

野々村孫八　差紙使兼届廻り。あだ名は「まごさん」。料理の腕は一流。

柚木弥平　頭付の野心家で「ごますり」と馬鹿にされている。

仙川撫兵衛　役宅詰め四人を束ねる与力。常に苦い顔のため、あだ名は「せんぶり」。
丸毛主水　坂巻家の内与力で用人頭。
坂巻忠成　御先手頭。運四郎ら筒組二十四番組の長官。

〈弓組二番組〉
紅林兵庫　召捕り方同心。野心旺盛で、運四郎を見下す。
山際源兵衛　召捕り方与力。
阿部式部之丞　御先手頭。家禄三千石の大身旗本。

＊

寿美乃　運四郎の母。夫を亡くし、運四郎とともに江戸へ出てきた。
如幻　角筈村・長福寺の住職。寿美乃の実弟。
堀尾一風斎　堀尾道場の主で、運四郎の恩師。一人娘は小夏。
直島彦之進　南町奉行所の例繰方与力。葛城の実兄で、運四郎らに協力。
与平次　船頭。孫の於菟とともに、舟を操りし丿字組を手助け。

火盗改しノ字組（二）

武士《もののふ》の誇り

因幡《いなば》の白兎《しろうさぎ》

一

——手柄をあげたい。

伊刈運四郎《いかりうんしろう》は胸の裡《うち》で念じつづけた。

大手柄をあげて「弓二」の連中を見返してやるのだ。

そうすれば、小頭《こがしら》の「しノ字小平太《こへいた》」にもみとめてもらえよう。「小僧」ではなく、きちんと名を呼んでもらえるだろうし、一人前の召捕り方同心《どうしん》としてあつかってくれるにちがいない。

上州特有の空っ風が吹きすさぶなか、運四郎は灌木の陰でじっと息を殺している。

暦は神無月《かんなづき》半ば、正面の闇は深く、風は冷たい。

吐く息の白さを気取られることすら憚《はばか》られた。

——因幡《いなば》小僧。

今宵、火盗改が狙う獲物の呼称だ。

白兎《しろうさぎ》の面をかぶって凶行におよぶので、いつしか一味は「因幡の白兎」とか「因幡小僧」と呼ばれるようになった。盗みも殺しも平気で繰りかえす悪辣非道な連中が、盗人宿とおぼしき木《き》賃宿《ちんやど》のなかで暖《だん》を取っている。参じた召捕り方は誰もがみな、そう確信していた。

「皮を剝いて丸裸にしてくれるわ」

憎々しげに吐きすてたのは、大酒呑みの由良《ゆら》鎌之《かまの》介《すけ》である。

景気づけに立場《たてば》で一升ほど呑んできたと豪語し、小者たちから失笑を買った。

自慢の笹穂《ささぼ》槍《やり》を携えた小《お》倉又一《ぐらまたいち》も、鉄の八角棒を担いだ巨漢の熊沢玄蕃《くまざわげんば》も、御小納戸《おこなんど》頭取《とうどり》の色小姓《いろこしょう》だった衆道《しゅどう》の葛城翼《かつらぎたすく》も、各々の持ち場に分かれて潜み、躍りだす機を窺っている。

ここは鴻巣宿《こうのすじゅく》と熊谷《くまがや》宿のあいだに築かれた吹上《ふきあげ》宿、棒鼻《ぼうはな》のそばに因幡小僧の盗人宿をみつけたとの報せを受け、埃と汗にまみれながら中山道《なかせんどう》をたどってきた。

東涯《とうがい》に日の出を仰いだのは、板橋宿を背にして石神井《しゃくじい》川を渡ったあたりか。

打裂羽織《ぶっさきばおり》の裾を靡《なび》かせて小走りに走り、日本橋からおよそ十二里（約四十八キロ）の道程を一日足らずで踏破した。

疲れはまったく感じない。

運四郎は馬庭念流《まにわねんりゅう》の免状を持つ剣客でもあり、日頃から心身の鍛練には余念がなかった。

火盗改《かとうあらため》の召捕り方に配されて三月目《みつき》、出役《しゅつやく》は今回で十八度目となる。三日に一度は出張っている勘定になり、府内の縄張りから外へも幾度となく足を延ばした。だが、ほとんどは空振りに終わり、凶賊を捕らえたことは三度しかない。しかも、手柄はことごとく「弓二」に横取りされた。

先手組《さきてぐみ》は弓組十一組と筒《つつ》組二十四組の合計三十五組からなり、各々、与力《よりき》五名から十名と同心五十名前後を抱えている。そのうちのひと組が火付盗賊改の本役を命じられ、別のひと組が冬季のみの助役となる。増える一方の兇悪な悪事に対処すべく、先代吉宗《よしむね》公のもとで設置された役目にほかならない。

剽悍《ひょうかん》な阿部《あべ》式部《しきぶ》之丞《のじょう》率いる「弓二」こと弓組二番組は、今宵も五十人からなる捕り方の中核を担っている。先手組のなかでも最精鋭として知られ、歴代にわたって火盗改の本役を担う長官《かしら》のもとに配されてきた。

それにくらべて、のらりくらりとした坂巻讃岐守忠成《さかまきさぬきのかみただなり》のもとに配された「筒二十四」こと筒組二十四番組は人数も少なく、城勤めの幕臣たちから「がらくたの吹きだまり」だの「ろくでなしの捨て場所」だのと陰口を叩かれ、先手組のなかでは最弱と目されている。

いずれにしろ、与えられた役目は本役を補完する助っ人役にすぎぬので、精鋭の「弓二」に手柄を奪われても文句は言えなかった。

そんなことはわかっている。

わかってはいても、口惜《くちお》しい気持ちを抑えきれない。

表情は険しくなり、五体には殺気が漲ってくる。

運四郎は「がらくた組」の新参者であった。

坂巻家の中小姓《ちゆうごしよう》として召し抱えられるはずが、何の因果か切捨御免《きりすてごめん》の免状を持つ火盗改の末端に配された。

配された以上、役目を全うしなければならない。

生真面目に力みかえった途端、ぶっと屁《へ》が出た。

「うっ、臭《くさ》っ」

周囲の連中に睨まれても、運四郎は正面を見据えたまま、ぶっとまたも屁を放《ひ》ってみせる。

「こやつめ、嘗《な》めておるのか」

嘗めているどころか、屁を放ったことすら気づいていない。

それほど、気を張りつめている。

――只管打坐《しかんたざ》、ただ無心に座禅を組むべし。

胸に繰りかえす至言は、叔父の如幻《によげん》に諭された説法のひとつだ。

江戸へ来てから半年余りのあいだ、運四郎は母とふたり、叔父が住職をつとめる禅寺で寝起きしてきた。

肝心なときは禅の教えを頭に浮かべ、心を平静に保つべく心懸けている。

「ただの間抜けか、それとも肝が太いのか。どっちにしろ、妙なやつだな」

低声《こごえ》でからかう由良によれば、盗人宿をみつけだしたのは「しノ字小平太」なのだという。

運四郎は耳を疑った。

何故《なにゆえ》、とっておきの情報《ねた》を配下に告げず、偉そうにふんぞり返っている「弓二」の連中に流したのか。

肝心の問いには誰もこたえてくれず、もやもやしたものが心中に燻っていた。

しかも、召捕り方を統率すべき小平太本人はみあたらない。何処《いずこ》にいるのかもわからなかった。

風はいっそう強くなり、怪鳥のごとき雨雲が夜空を覆いつつある。

吹上宿は日光裏街道と交わり、忍藩《おしはん》の城下へも通じていた。

こうした地の利の良さが、凶賊どもを屯《たむろ》させているのだ。

すでに亥《い》ノ刻（午後十時）を過ぎ、木賃宿は静まりかえっている。

それにしても、寒い。

食いしばっていなければ、奥歯がかちかち鳴りだすほどだ。

熱い味噌汁が呑みたくなってきた。

母のつくった味噌汁だ。

ごくっと、唾を呑みこむ。

「行くぞ」

弓二を率いる与力の山際源兵衛《やまぎわげんべえ》が、身振り手振りで指図を繰りだした。

動きだそうとするや、後ろから襟を強引に引っぱられる。

「しゃしゃり出るな」

血走った目で睨みつけてくるのは、紅林兵庫《くればやしひょうご》という弓二の若手同心だった。

六尺豊かな偉丈夫で、鼻筋の通った面立ちをしている。旺盛な野心を隠そうともせぬ
紅林には「わしの名は江戸八百八町に鳴り響く。いずれ、わしの爪の垢を煎じて呑みたくなるときがくる」と告げられたことがあった。

鼻持ちならない男だが、紅林にしてみれば、運四郎は芥《あくた》にしか映っておるまい。

捕り方は二手に分かれた。

助っ人役の運四郎たちは、紅林の背に従《つ》いて裏手へまわる。

――どどん。

表口のほうで雷鳴が響いた。

主力組が表戸を破ったのだ。

怒声や悲鳴も聞こえてくる。

裏口の板戸も蹴破られ、賊どもが飛びだしてきた。

「ふわああ」

まるで、暴れまわる濁流のようだ。

「来たぞ、抜かるな」

紅林は我先に駆けより、濁流の突端を斬りふせた。

「ひぇええ」

断末魔の叫びに耳朶《じだ》を裂かれる。

刃と刃のぶつかる金音と叫喚が錯綜した。

乱戦のただなかに身を置いても、運四郎は刀を抜くことができない。

母のことばが忽然と甦ってきた。

——人を斬れば業《ごう》を背負いこみます。誰かに向けた刃は、いずれおのれに返ってくるものと心得なさい。

できることなら、殺生《せっしょう》は避けたい。

「甘っちょろい小僧め」

小倉又一が笹穂の槍をたばさみ、賊のひとりを串刺しにする。

ばっと、鮮血が飛沫《しぶき》をあげた。

生きるか死ぬかの間境《まざかい》に立たされたとき、あらゆる感情は木《こ》っ端微塵《ぱみじん》に消し飛ぶ。

剝きだしになるのは、生きのびようとする本能だけだ。

「邪魔だ、退《ど》け」

弓二の古参同心に横びんたを食らう。

運四郎は鼻血を散らし、その場に蹲《うずくま》った。

「禄盗人《ろくぬすっと》めが」

痰を吐かれる。

つぎの瞬間、古参同心は白兎一羽を袈裟懸けにした。

「ぬひゃひゃ」

屍骸《むくろ》を片足で踏みつけ、乱心したかのように嗤《わら》いだす。

運四郎は茫然自失の体《てい》で、ふらふらと立ちあがった。

「くわっ」

大柄の賊が段平《だんびら》を掲げ、突進してくる。

逃げねばならぬ。早く逃げろ。

わかってはいても、からだが動かない。

「腐れ役人め、死にさらせ」

段平が大上段から振りおろされる。

――ざくっ。

頭蓋をまっぷたつにされた。

と、おもいきや、真横から鉄棒の先端が伸びてくる。

「ねげっ」

賊はこめかみを突かれて倒れ、ぴくりともしない。

「莫迦たれ、死にてえのか」
巨漢の熊沢に怒鳴られ、我に返った。
右手正面では、由良が南蛮千鳥鉄《なんばんちどりがね》を振りまわしている。
左手正面では、葛城が華麗な身のこなしで三つ鉤《かぎ》十手を繰りだしていた。
一方、紅林は鬼の形相で白刃を掲げ、群がる賊どもと斬りむすんでいる。
これを手柄と呼ぶのなら、手柄をあげていないのは運四郎ひとりだけだ。
腰には津田越前守助広《つだえちぜんのかみすけひろ》の名刀を差している。
宝の持ち腐れよ。
召捕り方の連中からは、さんざん小莫迦にされた。
この期におよんで、何を迷うのか。
みずからに問いかけ、心根の弱さを叱咤《しった》する。
抜くのか、抜かぬのか、はっきりしろ。
賊どもは戸口から、つぎつぎに溢れだしてきた。
とても、十や二十ではきかない。
善人を虫螻《むしけら》も同然に殺めてきた悪党どもだ。
「ぬおっ」
運四郎は愛刀を抜きはなった。
二尺三寸の本身《ほんみ》に、濤瀾刃《とうらんば》が閃《ひらめ》く。

無念のうちにこの世を去った父の形見にほかならない。
運四郎は助広を右八相《みぎはっそう》に担ぐや、敢然と斬りこんでいった。
「くわああ」
闇は濃い。
凍てつく雨が斜めから叩きつけてきた。
賊の刃を撥ねつけ、助広の切っ先を峰に返す。
「斬らぬ気か、半人前め」
紅林兵庫の狂笑が強風に掻き消されていった。
「ぬおっ」
運四郎は足を滑らせ、泥濘《でいねい》に這いつくばる。
助け起こしてくれる者などいない。
ここは生死もままならぬ修羅場なのだ。
どうにか立ちあがり、助広の峰を賊の額に叩きおとす。
——どしゃっ。
賊はもんどりうち、白兎の面が転がった。
手柄など、もはや、どうでもよい。
ただ、生き残るために、刀を振りまわしている。
地獄の淵から脱するには、血まみれになって闘うしかない。

いつもそのことを、運四郎は熾烈な戦闘のただなかでおもいだす。

血で染まった泥濘に這いつくばりながら、もう二度と出役は御免だと、胸の裡に叫びつづけた。

が、この世の地獄から逃れる術はない。

「くそっ」

意地でも役目をまっとうしてくれる。

なかばやけくその気概だけが、運四郎をどうにか崖っぷちに踏みとどまらせていた。

二

手柄は紅林たちにすべて持っていかれ、熾烈な闘いの生傷と喩えようのない虚しさだけが残った。頭目とおぼしき男は三寸縄で繋がれ、阿部式部之丞の役宅で厳しい責め苦を受けるという。いずれ、一味の残党も捕まるだろう。

「おぬし、不満げだな」

由良が自慢の鎌髭をしごき、酒臭い息を吐きかけてきた。

ここは赤城明神裏の『喜助《きすけ》』という一膳飯屋、無愛想な親爺が安い燗酒と蜆《しじみ》の佃煮を置いていく。

「わからんでもないが、食えるだけましなのだぞ」

由良に諭されずとも承知している。

三月前まで、運四郎は一介の浪人にすぎなかった。生まれ故郷の越後新発田《しばた》を飛びだし、上野国馬庭《こうずけのくにまにわ》の樋口《ひぐち》道場で七年におよぶ修行を終えたのち、江戸入りを果たして母を呼びよせ、母の実弟が住職をしている内藤新宿は角筈《つのはず》村の長福寺に身を寄せていた。

鬱々《うつうつ》とした日々を過ごすなか、突如、不運つづきの人生に光が射した。顔の広い叔父の口添えもあって、先手組の長官となった坂巻讃岐守に召し抱えられる幸運を得たのである。

ところが、出仕してみるとはなしはちがっていた。役宅詰めの中小姓になるはずが、初日から血腥《ちなまぐさ》い屍骸を拝まされ、あれこれ悩む暇も与えられず、兇悪な連中を追いまわす火盗改の召捕り方にさせられた。

「何事もあきらめが肝心だ。吹きだまりから逃れても、食いつめて野垂れ死ぬのが関の山。母親を抱えておるなら、なおさら逃れるわけにはいくまい。わしとて似たようなものさ。病がちなつれあいがおるゆえな」

由良はからからと笑い、ぐい呑みをかたむける。

運四郎もつきあって酒を呑んだが、いっこうに酔えない。

「由良さま、何故、小頭は盗人宿のことを弓二に漏らしたのでしょう」

「ふん、またそのはなしか。理由なぞわからぬ。敵に塩を送っただけのことだろうさ」

「由良さまは口惜しくないのですか」

「どうだっていい。しノ字にはしノ字の考えがある。おれたち下っ端があれこれ勘ぐるはなしではない」

――しノ字小平太。

召捕り方を率いる杉腰《すぎこし》小平太の顔には、額の右から左の頰にかけて「しノ字」に似た酷い刀傷がある。みる者を仰け反らせるほどの刀傷にちなんで「筒二十四」は「しノ字組」とも呼ばれていた。

しノ字小平太の素姓は、今ひとつ判然としない。小耳に挟んだ噂によれば、四年前までは他組の与力であったという。何らかの事情で同心に格下げとなり、先手組の「吹きだまり」と言われる「筒二十四」に左遷されたらしかった。

しノ字の酷い刀傷は、降格と関わりがあるのだろうか。

賊に斬られたという噂は、はたして真実なのかどうか。

そうした問いを発しても、誰ひとりこたえてくれない。

配下から慕われているのか、それとも、腫れ物のようにあつかわれているのか、それすらも運四郎は判断しかねた。

しかも、神出鬼没で役宅に顔をみせることがないにもかかわらず、長官の坂巻讃岐守からは放任されている。上役の与力であるはずの勝目《かつめ》勝之進《かつのしん》も、面と向かって文句を垂れることはない。妙なはなしであった。

「向かう方角はわからぬが、何とはなしに従いていきたくなる。それがしノ字小平太よ。

余計な臆測はせぬことだ。命じられたことをやってりゃいい」

「はあ」

不満げに漏らし、運四郎は『喜助』に背を向けた。

先手組の同心長屋は、麻布の我善坊谷《がぜんぼうだに》にある。

牛込の赤城明神裏から、歩けばかなり遠い。

引っ越したばかりなので、道には不案内だった。

ゆえに、遠回りとわかっていても、神楽坂を下りて濠へ向かい、濠端の道を溜池《ためいけ》のさきまで進むしかない。途中の喰違《くいちがい》は首吊りの名所と聞いていたし、真っ暗闇の桐畑《きりばたけ》には辻斬りが出るとの噂もあった。

それでも、寝ずに待っている母のもとへ帰らねばならぬ。

由良鎌之介のように朝まで呑んでいるわけにもいかず、しノ字小平太のように雲隠れするさきもない。

「ままよ」

落ち葉を鳴らす風の音にさえ驚きつつも、運四郎は裾をからげて暗い夜道を走りぬけた。

鉄砲玉のように急坂を駆けおり、どうにか我善坊谷の谷底へたどりつく。

つい今し方、亥ノ刻を報せる芝切通《しばきりどおし》の鐘の音を聞いた。

少しは開いていることを期待したが、同心長屋の木戸は閉まっている。

木戸番の鑑と評される権十《ごんじゅう》は、亥ノ刻きっかりに木戸を閉めるのだ。

運四郎は乱れた髷《まげ》を整え、番小屋の戸を敲《たた》いた。

ぽっと灯りが点り、皺顔の権十が眠い目を擦りながら出てくる。

「またあんたかい」

「いつもすまぬ」

「どうせ、うわばみの旦那につきあわされたんだろう。旦那にも困ったもんだ。胸を病んだご新造《しんぞ》が寝ずに待っているってのに。旦那があなっちまったのは、乳飲み子を麻疹《はしか》で亡くしてからさ。それまでは、せいぜい晩酌程度だったのにな。子を失った淋しさを酒で紛らわしているのだろう」

そんなはなしは、はじめて聞いた。

由良の家も同心長屋の一角にあり、蒼白い顔の内儀《ないぎ》とは挨拶を交わしたこともある。

「ま、聞かなかったことにしといてくれ。人にはいろいろ事情ってもんがあるからな」

潜り戸を開けてもらい、運四郎は木戸の内へ踏みこんだ。

めざす家の灯りだけが点り、炊煙も立ちのぼっている。

「まいったな」

さきに寝ていてほしいと頼んでも、母の寿美乃《すみの》はかならず起きて待っていた。

それが母親の役目だと言わんばかりの顔をされると、負担に感じることもあったが、温かい味噌汁を啜《すす》れば、ありがたい気持ちが込みあげてきた。

片開きの木戸門を潜り、表口の戸を開ける。

「おや」

棚のうえに、吹上宿で求めた鴻巣雛《こうのすびな》が飾ってあった。

出役のついでに土産を買った心遣いに感謝しつつも、寿美乃は無事に帰ってきてくれれば土産などいりませぬと気丈に言ってのけた。

「母上、ただいま戻りました」

「お戻りなされませ」

ふくよかな寿美乃が、満面の笑みで出迎えてくれる。

「野々村《ののむら》さまのお宅から、業平蜆《なりひらしじみ》をいただいたのですよ」

「ほう、それはありがたい」

役宅詰めの野々村孫八《まごはち》は、他役所との連絡《つなぎ》をおこなう差紙使《さしがみつかい》兼届廻《とどけまわ》りの同心だ。勝手に居座って美味い料理をつくり、出役のときにはかならず炊きだしをかってでる。それゆえ、みなに重宝がられており、親しげに「まごさん」と呼ばれていた。

「野々村さまのお宅は、十五を頭に七人もお子さんがいらっしゃるのですよ」

「へえ、さようでしたか」

羨ましげな寿美乃にぞんざいな返事をし、部屋で着替えを済ませると、さっそく味噌汁をつけてもらう。

箱膳には白米と香の物も置かれていたが、何と言っても味噌汁だ。

椀を取ってひと口啜った途端、蜆の滋養が五臓六腑に染みわたった。

「美味い」

「それはようございました」

「母上のぶんは」

「さきほど、いただきましたよ。初物なので、七十五日は長生きできましょう。もっとも、あんまり長生きしても、おまえさまが困ってしまうだろうけど」

「何を仰います」

「ほほほ、冗談ではありませぬよ。おまえさまも二十四、そろそろ身を固めてもよい頃合いかと」

おもわせぶりに言ってみせ、寿美乃は膝を躙《にじ》りよせてくる。

「じつは、気立ての良さそうなお相手をみつけてまいりました」

ぶっと、味噌汁を吹きそうになった。

「……お、お待ちを。母上、それがしにはまだ早すぎます」

「何を申す。早すぎることなどあるものか」

寿美乃は口調を変え、きっと眦《まなじり》を吊りあげる。

般若《はんにゃ》かとおもった。

「それ以上は聞きませぬぞ」

運四郎は箸を置き、両手で耳をふさいだ。

ふさいだまま「わわわ」と、声を発する。

「聞き分けのない幼子か」

寿美乃は毅然と立ちあがり、何をするのかとおもえば、隣の部屋から菅笠《すげがさ》と杖を携えてくる。そして、畳に三つ指をついた。

運四郎は狼狽《うろた》える。

「いったい、何のまねですか」

「わたくしは、いつなりとも出ていく覚悟を決めております。おまえさまがそうしてほしければ、長福寺へ戻ってもよいのですよ」

「お待ちくだされ。誰が出ていけと言いましたか」

「出ていかずともよいのですか」

「あたりまえにござりましょう」

寿美乃はほっと溜息を吐き、耳に胼胝《たこ》ができるほど聞かされたはなしを繰りかえす。

「そなたの父と家名を失って以来、わたくしは新発田城下の親戚筋を転々とし、肩身の狭いおもいをしてまいりました。それゆえ、おまえさまが江戸でともに暮らそうと誘ってくれたとき、どれほど嬉しかったことか知れませぬ。生まれ故郷を捨てることも惜しくはなかったし、弟の如幻を頼って僧坊に仮住まいしたことも、今となっては良き思い出にござります。直参旗本《じきさんはたもと》の御屋敷に召しかかえられる強運を引きあてたのは、おまえさまご自身の持つ徳によるもの、わたくしや如幻に何ひとつ遠慮することはありませぬ。

存分にお役目をまっとうしてくだされ。そのためにも、まずは嫁取りを」

「また、そのはなしですか」

「もしや、好いたおなごでもあるのですか」

問われて、ぽっと浮かんだ顔がある。

十六の勝ち気な娘の顔だ。

「ちがう、ちがうちがう」

おもいきり、首を左右に振った。

「何がちがうのですか」

寿美乃がにゅっと首を伸ばしてくる。

見世物小屋でみたろくろ首のようだ。

「好いたお相手があるのなら、無理強いはいたしませぬ。やはり、そうなのですね。恥ずかしがらずともよいのですよ」

いっそのこと、好いた相手にしておくか。

よこしまな考えも浮かんだが、運四郎は嘘の吐《つ》けない男だ。

「好いたおなごなど、おりませぬ」

憤然と言いはなつや、寿美乃は「うふふ」と意味ありげに微笑み、腰をあげて仏間の父へ何やら報告をしにいった。

三

翌日。

運四郎のすがたは、筑土八幡《つくどはちまん》そばの堀尾《ほりお》道場にあった。

今年の正月、高崎城下から樋口道場の紹介状を握って訪れ、快く受けいれてもらったさきだ。

念流を標榜する道場に通いつめ、心身ともに鍛えあげた。

火盗改の役人になってからも、頻繁に竹刀《しない》を振りに訪れる。

心を空にして竹刀を振れば、むしゃくしゃした気持ちも吹きとんだ。

道場主の堀尾一風斎《いっぷうさい》には、どれだけ感謝しても足りない。

坂巻家への橋渡しをしてくれたのも、一風斎にほかならなかった。

口添えをしたのは叔父の如幻だが、一風斎は門弟の伝手《つて》を使って何かと骨を折ってくれたのだ。

板の間の壁には、奥の部屋にあったはずの軸が掛けられている。

――念大和尚《ねんだいおしよう》　体中剣《たいちゆうけん》。

念流の始祖念阿弥慈恩《ねんあみじおん》の別号と奥義の名称である。

「当流の兵法心得を申しわたす」

一風斎は門弟志願者に向かって、朗々と説いてみせた。

『身は幹、剣は枝。大地に根を張るがごとく立ち、体中より太刀の生えたるやうに構ふべし』それこそが念流の要諦、心に留めて復唱せよ」

念流を根に持つ馬庭念流の道場でも、この「体中剣」はかならず修得すべき剣の神髄として教わる。一風斎は上州馬庭に伝わる馬庭念流を「実践においては当代随一」と評し、剣理や形を説く際には用いることにしていた。

「されば、馬庭念流上段の構えを」

誘われて登場したのは、華奢なからだつきの娘である。

「わが娘、小夏《こなつ》じゃ」

「ほう」

と、周囲から感嘆の声が漏れた。

茶筅髷《ちゃせんまげ》の小夏は、おもいきり顔をしかめる。

その可憐な風貌に見惚れているがごとき輩は、竹刀で叩きのめしてくれようとでもおもっているにちがいない。

「目ん玉を見開き、ようくご覧あれ」

小夏は疳高《かんだか》い声を発し、ばっと両脚をひらいた。

手首を返さずに肩のうえまで掲げ、竹刀の切っ先を対峙する一風斎の眉間につける。

独特の上段の構えであった。

一風斎は重々しくつづける。

「土臭く、泥臭い。一見すると不恰好にみえるが、立ちあってみれば無類に強い。馬庭念流とはそうした剣にほかならぬ。されば、誰か仕太刀《しだち》を」

誰かと言いつつ、一風斎は運四郎をみる。

仕方なく出ていくと、小夏が不敵な笑みを浮かべた。

十六の小娘にしては、時折、艶《つや》めいた表情をしてみせる。

運四郎が母に聞かれて浮かべた顔も、まさに、申し合いに挑む際にみせる小夏の顔だった。

幼い頃に母を流行病《はやりやまい》で亡くし、道場を継ぐべき男児として育てられた。見掛けとはちがって気性は荒く、喩えてみれば暴れ馬のような娘だ。しかも、歳が若いというだけで念流の免状を与えられないものと勘違いしていた。

運四郎の目でみても技倆は目録止まり、門弟たちに手加減されているのも気づかず、おのれの技倆を過信している。並みの剣士よりは上をいくものの、肝心の一風斎が真実《まこと》の厳しさを骨の髄まで叩きこもうとしない。やはり、一人娘が愛おしくて仕方ないのだろう。

「構えよ、運四郎」

八つも年下の小娘から呼びすてにされても、いっこうに気にならない。

いつものことなので慣れてしまった。いっそ、清々《すがすが》しくさえ感じる。

「されば」

同じ上段に構えるや、小夏は疾風《はやて》となって襲いかかってきた。

――ばしっ。

強烈な一撃がはいる。

受け太刀を取った腕が、じんじん痺れるほどだ。

「何の、まだまだ」

こちらの台詞《せりふ》を言いはなち、小夏は振り向きざまの上段打ちを浴びせてくる。

――ばしっ。

竹刀の木っ端が飛ぶほどの勢いに、門弟志願者たちは固唾《かたず》を呑んだ。

「待て、小夏」

一風斎が割ってはいる。

「その程度でよかろう」

「何を仰います。父上、もっとやらせてください」

「莫迦者、おぬしは形をみせるだけでよいのだ。じつは、申し合いを望んでおられる御仁がおってな、柏田《かしわだ》どの、これへ。お待たせいたした」

志願者たちの後ろから、小柄な人物があらわれた。

年の頃は四十前後、月代《さかやき》を青々と剃っているところから推すと、何処かの藩士か幕臣であろうか。

「こちらは柏田宮内《くない》どの。御先手組のお役人でな、とあるお方のご推挙で腕試しに来られたのじゃ」

御先手組といい、腕試しといい、気になることばかりだ。

しかも、柏田宮内なる人物は、踏みこむ側の右足をわずかに引きずっている。

「流派は」

小夏が発した。

「辻月丹《つじげったん》の無外流《むがいりゅう》じゃ」

禅の教えと剣理を重ね、厳しい修行を納めた者に与える印可を「一偈《いちげ》」と呼ぶ。禅寺で起居していた運四郎にしてみれば、因縁すら感じさせる人物であった。

「先生、それがしがお相手を」

おもわず一歩踏みだすと、一風斎もうなずいた。

「ふむ、それがよかろう」

眦を吊りあげたのは、小夏にほかならない。

「父上、何故、わたくしを差しおいて、運四郎に託すのです」

言いだしたら聞かない性分を知りぬいているので、一風斎は憮然と応じてみせた。

「柏田どのが所望なされたのじゃ」

「えっ、運四郎をでござりますか」

「そうじゃ。おぬしは見物しておれ」

血走った眸子《まなこ》で睨《ね》めつけられ、さすがの小夏も沈黙した。

運四郎の頭は、いささか混乱している。

無理もない。

見も知らぬ相手から、申し合いの相手として名指しされたのだ。

わけのわからぬはなしだが、ともあれ、受けて立つしかあるまい。

「されば、一手指南よろしくお願いいたします」

運四郎はお辞儀をし、柏田を導くように道場の中央へ向かう。

礼法にしたがって向かいあい、どちらからともなく身を寄せた。

おたがいに腰を落として竹刀を立て、探るように切っ先を当てる。

そして、いったん離れ、運四郎は極端ながに股で上段に身構えた。

兵法の常道を逸脱した構えで迫り、前のめりになって竹刀を繰りだす。

――ばしっ。

竹刀は撥ねず、吸いついていく。

柏田は逃れようとして押し返すが、運四郎の竹刀はぴったりくっついて離れない。

受けた竹刀の芯を取っているため、さほど強い力で押さえこまずとも、相手の動きを制することができるのだ。この秘技こそが伝書にも「敵を連れこみ負かす」と記された続飯付《そくいづ》けにほかならない。

――勝ちを急がず、追いかけもせず、ただ負けぬことに執着すべし。

運四郎は、念流の根本に通じる理合を実践している。

続飯付けに必要な強靱な二枚腰をつくるべく、人ひとり背負って受けに徹する修練を積んできた。それゆえ、足腰が人一倍強く、脹《ふく》ら脛《はぎ》の太さが尋常ではない。

だが、すぐさま、優位は入れ替わった。

柏田は続飯付けの効かない相手だった。

柳のようなしなやかさで竹刀を撥ねつけるや、無外流の伝書に「燕帰《えんき》」と記された小手打ち技を仕掛けてくる。そうかとおもえば、自在に転進しながら、上下左右から休まずに竹刀を繰りだしてきた。

驚きを禁じ得ぬほどの練達《れんたつ》だ。

仕舞いには打つ手がなくなり、額に玉の汗が浮かんでくる。

「それで終わりか」

柏田は叱りつけるように言いはなった。

「されば、決着をつけよう」

右足を引きずりながらも、つつっと滑るように迫り、下段青眼《せいがん》から喉を突いてくる。

「うっ」

竹刀の切っ先が、ぶわっと膨れあがった。

咄嗟に仰け反る。

刹那、小手打ちを見舞われた。

――ばしゅっ。

がくっと膝をつき、運四郎は竹刀を取り落とす。

道場は水を打ったように静まりかえった。

「一本」

一風斎の声が朗々と響く。

「万法帰一刀《ばんぽうきいっとう》。剣技の形は数あれど、斬るための理合はただひとつ。まだまだじゃな。柏田どのを倒すには、三十年の修行が要る」

打たれた手が、じんじん痺れている。

口惜しくも何ともない。

太刀行《たちゆき》があまりに見事すぎて、正直、負けた気がしなかった。

「……ま、まいりました。柏田さま、ひとつお伺いしたきことが」

「何であろうな」

竹刀を降ろす相手に向かって、運四郎は必死に問いかけた。

「柏田さまはいったい、何処の御先手組に属しておられるのでしょうか」

「弓二じゃ」

「えっ」

「驚いたか。わしは、弓二の書役《かきやく》与力でな」

与力と聞いて、居ずまいを正す。

「されば、何故、それがしの名を」

「しノ字小平太に聞いたのよ。ここに来れば、少しばかり骨のある若造と打ち合えるかもしれぬとな。ふっ、ちと期待外れであったわ。あやつの眼力も衰えたとみえる。小平太の小手打ちにくらべれば、わしの小手打ちなどはまだ甘いぞ」

「お待ちを。今一度、立ちあっていただけませぬか」

「何度やっても同じこと。おぬしと立ちあっても意味はない。少なくとも、今はな」

「今は」

「さよう。おぬしは今、心が乱れておる。心の乱れは剣の迷いとなってあらわれる」

ぎりっと、運四郎は奥歯を噛んだ。

一風斎も小夏も、そして柏田も、その音を耳にしたにちがいない。

運四郎は打ちひしがれた。

何よりも、しノ字小平太の期待を裏切ったことが悔やまれてならなかった。

四

神無月六日、初亥《はつのい》。

運四郎は着慣れぬ裃《かみしも》を纏い、朝から役宅へ出仕していた。

玄猪《げんちょ》の祝儀には、無病息災と子孫繁栄を祈念して亥ノ子餅《いのこもち》が配られる。千代田城においても、諸大名は将軍から餅を振るまってもらうべく、城門に大篝《おおかがり》が据えられる暮れ六つ（午後六時）に登城するしきたりがあった。

武家恒例のたいせつな行事だけに、しノ字小平太も役宅に顔を出すだろうと考えたのだ。

是非とも、柏田宮内のことを尋ねてみなければなるまい。

立派な長屋門を擁する坂巻邸は、平川町《ひらかわちょう》の一角にある。

坂巻は三百俵取りの書院番から一千石取りの徒頭《かちがしら》へと出世し、足高《たしだか》五百石の加増を受けて先手組の頭となった。家禄の足りぬ旗本を登用する足高の制度は、夏の終わりに逝去した大御所吉宗が定めたものだ。

吉宗の喪が明けてほどなくして、坂巻は火盗改の助っ人を命じられた。当分加役《かやく》の助役は冬季のみとの定めがあるので、増役という中途半端な役名をつけられている。

拝領地の広さは約一千坪、小川町に屋敷を構えていたころの二倍になった。

引っ越しの片付けはまだ済んでおらず、供揃えに必要な用人や小者の数も足りていない。人足や大工に払う手間賃が滞っているのか、仮牢《かりろう》や白洲《しらす》も普請の途上で中断しているようだった。

それでも、讃岐守のもとに配された以上、筒組二十四番組の面々は坂巻邸へ出仕しなければならない。

というのは建前で、召捕り方の連中はほとんど顔をみせなかった。それでも叱責ひとつされぬのは、坂巻讃岐守という人物が鷹揚なのか、やる気が無いのか、どちらかであろう。

玄関口では「隼《はやぶさ》」の異名を取る草履番の弥一《やいち》が待ちかまえていた。

「伊刈さま、おはようござります」

「ふむ、しノ字の小頭はみえたか」

「まさか、小頭のお顔なんぞ、平川町に越してから一度もみたことがありませんよ」

「さようか」

「がっかりついでに申せば、ほかの方々もみえておられませぬ。只で餅にありつけるというのに」

そうした会話を交わしていると、書役の猫田文悟《ねこたぶんご》と根津吉三郎《ねづきちさぶろう》がやってきた。

猫田は似面絵《にづらえ》を描く特技を持っており、根津は書く字は汚いくせに分厚い裁許帳《さいきょちょう》を諳《そら》んじることができる。

「猫と鼠の揃いぶみ」

弥一が笑いながら囁く。

そこへ、今度は「ごますり」の綽名を持つ頭付の柚木弥平《ゆずきやへい》があらわれ、後ろから差紙使兼届廻りの「まごさん」こと野々村孫八も追いついてくる。野々村家には母が業平蜆をお裾分けしてもらったので、さっそく御礼のことばを述べると、野々村は長身をかたむけ、恐い顔を近づけてきた。

「亥ノ子餅の粉は七種ある。すべて言えるか」

唐突に問われ、運四郎は固まった。

「……だ、大豆《だいず》に小豆《あずき》、それから」

「それから、何だ」

「しかとわかりませぬ」

「大豆に小豆、大角豆《ささげ》に胡麻《ごま》、あとの三つは栗、柿、糖《あめ》、それら七種の粉を練りこんでつくる。存外に手が込んでおろう」

「はあ」

「暢気《のんき》な顔で喰《くろ》うておるだけでは、物事の本質はわからぬ。一生わからずに終わる者と途中で気づく者とでは、日々の生き方に雲泥の差がつく。わしはそうおもうがな」

「はっ、御説《ごせつ》ごもっともにござります」

応じる暇も与えず、野々村はそそくさと居なくなる。

最後に悠揚とやってきたのは、役宅詰めの四人を束ねる与力の仙川撫兵衛《せんかわぶへえ》であった。苦虫を嚙みつぶしたような顔をしているので、生薬として使われる「せんぶり」という綽名をつけられている。

「おはようござります」

丁重に挨拶しても、会釈ひとつ返ってこない。

弥一は肩をすくめ、同情の笑みを浮かべている。

運四郎は草履を脱ぎ、裏白の紺足袋《こんたび》で床を踏みしめた。

槍床《やりどこ》の手前を左に折れて廊下を渡れば、十畳の間をふたつに繋げた御用部屋がある。

与力の仙川が床の間を背にして座り、正面に向かって右側に書役の猫と鼠が、左側に柚木と野々村が座り、各々の小机を並べていた。

運四郎は部屋に踏みこむなり、大声で発してみせる。

「みなさま、ご報告が遅うなり申した。吹上宿への出役において、わが召捕り方は多大な貢献をいたしました。因幡小僧を一網打尽にした手柄の一端を担ったものと、不肖ながらこの伊刈、伊刈運四郎は自負いたしておりまする」

五人は惚《ほう》けた顔で見上げたが、同心四人は俯いてしまう。

仙川撫兵衛だけが、恐ろしい形相で睨みつけてきた。

「自慢か」

「はあ」

「それとも、路銀ほしさに、くだらぬ口上を長々と述べたてたのか」

「いいえ、そんなつもりは」

「自慢する暇があるなら、外できっちり手柄をあげてこい」

「はっ」

いつもどおり、腹にずっしりと響くことばだ。

運四郎は涙目で踵を返し、廊下へ戻ってきた。

る。


「伊刈運四郎」

嗄れた声で名を呼ぶのは、内与力の丸毛《まるげ》主水《もんど》にほかならない。

猿顔の老臣は坂巻家の用人頭も兼ねており、いつも「台所は火の車じゃ」と騒いでいる。


「小頭の杉腰小平太は何処におる」

「へっ」

「へではない。何処におるのか聞いておるのじゃ。まさか、配下のくせに知らぬと申すか。ふん、詮方あるまい。ちと、従いてまいれ」

「えっ」

「えではない。おぬし、泣いておるのか」

「……い、いえ」

「ようわからぬやつじゃな。そもそも、何故、おぬしのごとき者を召し抱えたのか。禅寺の住職の甥っ子で、剣術が少々できる。たったそれだけの触れこみで浪人ひとりを召し抱えられるほど、坂巻家は余裕があるわけではないのじゃぞ」

ぶつぶつ小言を並べながら、丸毛は長い廊下を奥まで進む。

連れていかれたさきは、何と長官の御用部屋であった。

大柄で異様に胴の長い人物がのっそり部屋からあらわれ、紅葉も見頃となった中庭をのぞむ縁側に座りこむ。

そして、おもむろに平皿を寄せ、亥ノ子餅を摑んで頰張った。

丸毛が声を張る。

「殿、杉腰小平太は不在ゆえ、配下の者を連れてまいりました」

「ほう、そうか」

惚《とぼ》けた反応のおかげで緊張を解かれた。

あいかわらず、つるんとした茹で卵のような顔に、八の字の下がり眉と小さな目、丸長の鼻とおちょぼ口が貼りついている。鼻の下には泥鰌髭《どじょうひげ》がくっついており、月代のまんなかに鯱《しゃちほこ》のような髷を突っ立てていた。

——潮を吹かぬ鯨
などと、陰では笑われているとも聞く。

たしかに見掛けどおり、茫洋として捉えにくい。

坂巻讃岐守とは、そうした人物にほかならなかった。

「亥ノ子餅をつかわす。近う寄れ」

「はっ」

慣れぬ膝行《しっこう》で廊下を進み、手前でいったん止まって三つ指をつく。

「型どおりの礼儀は要らぬ。ほれ、餅じゃ」

皿を寄こされ、餅を両手で摑んだ。

ひと口頰張ってみると、存外に美味い。

「亥ノ子餅の粉は七種ある。すべて言えるか」

野々村とまったく同じことを問われ、餅が喉に詰まりかける。

必死に呑みこみ、嬉々として応じた。

「大豆に小豆、大角豆に胡麻、あとの三つは栗、柿、糖、それら七種の粉を練りこんでつくるのが亥ノ子餅というものにござります」

「ほほう、淀みなくこたえたな。気に入った。おぬし、名は」

「はっ、伊刈、伊刈運四郎にござります」

「そう言えば、まえにも聞いたことがあったような。茶を呑むか」

「はっ、かたじけのう存じます」

差しだされた茶碗をかたむけると、呑みかけの苦い煎茶だった。

「しノ字はどうじゃ」

難しいことを問われ、運四郎はこたえに窮する。

「極端に喋らぬ男ゆえ、下の連中と上手くやっておるのか、いささか案じられてのう。されどまあ、さようなことはどうでもよい。二十七日の改元の儀に先立ち、上様が上野の寛永寺《かんえいじ》に参拝なされる。その際、御先手組も何組か警固にあたらねばならぬのだが、筒二十四も参じねばならぬことと相成った。詳しい日取りは丸毛が存じておるゆえ、しノ字にしかと伝えておくように」

「承知いたしました」

運四郎は平伏し、後ろで控えていた丸毛ともども御前を辞去する。

丸毛は廊下を表口まで戻りながら、将軍家重《いえしげ》の参拝まではまだ半月の猶予があると告げてきた。

改元については、すでに、主立った諸侯諸役人には寛延《かんえん》から宝暦《ほうりやく》に替わる旨の内示がなされている。昨年には桜町《さくらまち》上皇が崩御し、今夏には大御所の吉宗が薨去した。地震などの災厄も頻発し、諸色の高騰は著しいうえに、辻斬りや夜盗などの兇悪な賊どもが跳《ちよう》梁跋扈《りようばつこ》している。

それゆえの改元であり、家重の寛永寺参拝も世の安寧を祈念してのことであった。

「大きい声では言えぬが、殿は貧乏籤《くじ》を引かされたのじゃ」

丸毛に囁かれても、運四郎にはぴんとこない。

参拝の警固がどれほど大変な役目か、想像もつかないからだ。

いずれにしろ、しノ字小平太を探しだし、一刻も早く伝えねばならない。

伝えればよいだけのはなしなのに、言いようのない焦りだけが募ってきた。

五

昨夜は大手御門へおもむき、名物の大篝を見物した。

仄暗い御門の奥へ吸いこまれていく諸大名の様子は、この世とは隔絶された薪能《たきぎのう》の舞

た。
格言を律儀に守る寿美乃は、縁結びのご利益があるという愛宕《あたご》神社のお守りを寄こし
亥子に炬燵を開けば火の祟りはなし。
寒風の吹きすさぶ我善坊谷の長屋へ戻ると、母の寿美乃が炬燵《こたつ》をしつらえていた。
台でも眺めているかのようだった。

鬱陶しいとおもいつつも、猪目《いのめ》模様のお守りを枕元に置いて眠った。

昏々と眠りつづけ、表戸を敲く音に起こされたのは、明け方のことである。

「運四郎どの、運四郎どの」

呼びかける声の主は、同じ召捕り方の葛城翼だった。

ひとつ年下の葛城は見目の良い男で、しノ字小平太を心の底から慕っていた。衆道であることを隠しもせず、他組の連中から奇異な目でみられていたが、出役では誰よりも勇猛果敢に闘う強者《つわもの》にほかならない。

急いで表戸を開けると、葛城は興奮の面持ちで言いはなった。

「白兎が出ました。昨夜、神田の炭問屋が襲われたそうです」

隼の弥一から急報がもたらされたらしい。

「因幡小僧の残党か」

「残党ではないかもしれませんよ」

「どういうことだ」

「詳しいことはのちほど。ともあれ、襲われた炭問屋へ参りましょう」

急いで着替えを済ませると、寿美乃に愛宕神社のお守りを持たされた。

縁結び以外に厄除けの効験もあるという。

渋い顔でお守りのことを告げると、養子に出されて実母と疎遠になった葛城は羨ましがった。

ともあれ、賊に襲われた炭問屋のある鎌倉河岸へ向かう。

一里は優に超える道程だが、健脚自慢のふたりにとっては何ほどのこともない。

運四郎は途中で歩みを弛《ゆる》め、いくつか問いをぶつけてみた。

「小頭は何処におられるか、葛城どのはご存じないか」

「存じませんね」

「されば、小頭が盗人宿の在処《ありか》を弓二に教えた理由はどうであろう。由良さまは敵に塩を送ったにすぎぬと仰ったが」

「小耳に挟んだはなしでは、ちゃんとした理由があったようですよ」

「まことか」

運四郎は眸子《まなこ》を瞠《みは》った。

「教えてくれ」

「真偽はわかりませぬが、誰かを守るために弓二と取引なされたのではないかと」

葛城は足を止め、東涯に昇る曙光を眩しげにみつめた。

ちょうど日本橋を渡りかけたあたりで、振りむけば金色に輝く霊峰富士をのぞむことができる。

「筒二十四のどなたかに厄介事が持ちあがった。そのはなしが弓二の与力、おそらく、山際さまあたりから小頭のもとへもたらされた。表沙汰にされたくなかったら、手柄になる情報を流せと言われ、小頭は仕方なく、嗅ぎつけていた盗人宿の在処を告げたのではあるまいか。わたしは、そんなふうに考えております」

「厄介事とは何なのだ」

「はっきりとはわかりませぬが、半年前に桐畑で町人が辻斬りに遭いましてね、その一件と関わっているのではないかと」

「ふうむ」

運四郎は呻いた。

今ひとつ納得できない。

筒二十四の誰かを救う目途のために、虎の子の情報ともいうべき盗人宿の在処をよりによって弓二に流すだろうか。

しノ字小平太は、それほど甘い人間ではない。

「聞かれたので、こたえたまでにござります。信じる気がないなら、聞かなかったことにしてください」

めずらしく機嫌を損ねた葛城に謝りつつも、やはり、運四郎は首をかしげざるを得ない。

信じるかどうか以前に、わからぬことが多すぎる。

「たとい、山際さまとの取引が真実であったにせよ、小頭には別の意図があったようにおもえてならぬのだが」

「別の意図でござりますか」

「それが何かはわからぬ。いずれにしろ、白兎はまたあらわれ、市中を脅かした。はたして、小頭はどうおもっておられるのやら」

ふたりは濠沿いに進んで竜閑橋《りゅうかんばし》を渡り、鎌倉河岸へやってきた。

襲われた商家には人垣ができており、探す必要もなかった。

うだつを見上げれば、大店《おおだな》であることは容易に察せられる。

屋根看板には『木曾屋《きそや》』とあった。

「知らぬ者とてない大店ですね」

葛城は溜息を吐く。

野次馬を掻き分け、さっそく敷居をまたいでみた。

火盗改の役人らしき者のすがたはなく、町奉行所の捕り方たちが惨状を隈無く調べている。

血腥い臭いを嗅げば、非道な殺しがおこなわれたことも窺えた。

屍骸は戸板で運びさられたあとのようだが、廊下の床や壁には血がこびりついている。

さらに、奥の寝所へ踏みこむと、床柱のそばに白兎の面がひとつ落ちていた。拾いあげてみると、返り血で斑《まだら》に染まっている。

「おぬしらは何者だ」

朱房の十手を握った役人があらわれ、馬面で難癖をつけてきた。

葛城は胸を張り、役名と姓名を告げる。

「ふん、火盗改の出番じゃねえぞ」

威張りちらす役人は、浦上十郎左衛門《うらがみじゅうろうざえもん》という南町奉行所の定町廻《じょうまちまわ》りだった。

そもそも、火盗改と町奉行所は折りあいが悪い。ことに、町奉行所の役人たちは、縄張りを荒らす火盗改を毛嫌いしている。切捨御免の特権を得ていることが、捕縛を前提とする連中には許せぬのだろう。

じつは、同じ南町奉行所に、例繰方《れいくりかた》の与力に任じられた葛城の実兄がいた。運四郎も何度か世話になった相手だ。名を出せば黙るだろうに、葛城はそうせず、浦上にたいして正論を述べた。

「白兎の正体は因幡小僧です。われわれ火盗改が中山道の吹上宿まで出向き、捕縛した凶賊にほかなりませぬ。残党なのか、それとも、頭目が生き残っているのか。それをしかと見極めねばならぬのです」

「こたえは出ておるわ」

浦上は偉そうにうそぶき、懐中から紙を一枚取りだした。

「床柱に貼りつけてあった。ほれ、みてみろ」

葛城に手渡された紙には、下手くそな人相書きが描かれている。

だが、描かれた人物はすぐにわかった。

「……こ、小頭」

葛城が漏らすと、浦上は探るような目をする。

「わしにもわかったさ。何せ、しノ字の刀傷が描かれておるのだからな。町奉行所のなかで、しノ字小平太を知らぬ者はおらぬ。この目で拝んだことはねえが、物凄え傷なんだろう」

葛城も運四郎も、黙って睨みかえす。

浦上はへらへら笑った。

「ま、どっちにしろ、おぬしらの小頭はずいぶん恨まれているようだ。ほれ、人相書きの額に誅《ちゅう》の字が書きこまれておろう。よほど胆の据わったやつでなきゃ、鬼の火盗改相手にそこまではやれねえ。きっと、これを書いた野郎は凶賊の親玉だぜ」

口惜しいが、浦上の言うとおりかもしれない。

頭目が生き残っているなら、手柄をあげたはずの弓二は恥を掻かされることになる。

「それにしても……」

運四郎は思案投げ首で考えた。

因幡小僧の頭目とおぼしき悪党は、何故、しノ字小平太だけを名指ししたのであろうか。

まっさきに恨みを向けるべきは、捕り方の中核を担った弓二のはずだ。にもかかわらず、吹上宿に行ってもいないしノ字小平太と、いったい何処で繋がりがあったのだろう。

「そのあたりに謎を解く鍵がありそうですね」

葛城も同様に疑念を抱いたらしく、意味ありげに目配せを送ってくる。

と、そこへ、弓二の連中が遅ればせながらやってきた。

与力の山際もいれば、紅林の顔もある。

いずれも、怒りのおさまらぬ形相だった。

「申し訳ありませぬが、この紙を預からせてください」

葛城は手渡された人相書きを懐中に仕舞いこむ。

浦上は渋い顔をしつつも、敢えて何も言わない。

貸しでもつくったつもりなのだろう。

運四郎と葛城は袖で顔を隠し、生々しい惨状から逃れていった。

六

一刻も早く、しノ字小平太をみつけださねばならぬ。

焦りを隠せぬ顔を向けると、葛城は達観したように笑った。

「みつかりませぬよ。必要になれば、ご自分からあらわれる。それが小頭です」

「されど、どうにかせねば」

「それより、さきほど仰ったはなしが気になります」

「さきほどのはなしとは」

「弓二に盗人宿の在処を教えた裏に、誰かを救うのとは別の意図があったのではと仰ったでしょう」

「言ったな。されど、根拠のないはなしだ」

「火盗改心得之条、疑ったときは遡れ。半年前に町人が辻斬りに遭った一件を調べてみますか」

「えっ、どうやって」

「そのはなしを漏らした相手に、きちんと事の経緯を尋ねるのです。従いてきてくださ い」

こうとおもったら、葛城は即座に行動する。

考える余地もなく、運四郎は小走りにしたがった。

たどりついたさきは、数寄屋《すきや》橋御門内の南町奉行所である。

白漆喰《しろしっくい》の海鼠塀《なまこべい》と黒い渋塗りの長屋門を目にすれば、罪人でなくとも踵を返したくなった。

「辻斬りのはなしをされたのは、兄者《あにじゃ》だったのか」

「ええ、あまり大きい声では言えませぬが」

葛城の実兄である直島彦之進《なおしまひこのしん》は実直を絵に描いたような人物で、評定《ひようじよう》などにおいて裁許帳を諳んじる例繰方の与力をつとめている。

運四郎も葛城に紹介され、世話になったことがある。

奉行所内の書庫に籠もって調べ物をさせてもらったのだが、通常ではあり得ぬことが許された理由は、兄がひとまわりも年下の弟に引け目を感じていることだった。

弟の居ないとき、兄はひどく落ちこんだ様子で「翼には大きな借りがある」と告白した。直島家は痩せても枯れても直参の旗本だが、兄の彦之進が今の地位に留まって家を存続させるために金が入り用となり、次男の翼を支度金の払える御家人の家へ養子に出すことで切りぬけた。

要するに、家の尻拭いをさせてしまったにもかかわらず、弟は損な役まわりを喜んで引きうけた。しかも、兄のことを誇りにおもうとまで言ってくれる。そんな弟の友の頼みならば聞かぬわけにはいかないと、直島は涙ぐんだのであった。

もちろん、火盗改の捕り方と接触すれば、それだけで朋輩から白い目でみられる。兄の立場を考えれば遠慮すべきところだが、そこは弟の特権を使って堂々と慣例を破ってみせた。さすが城中中奥《なかおく》の御小納戸役に抜擢されていただけあって、葛城翼は一目置くべき大胆さを兼ねそなえている。

案の定、門番に用件を告げると、すんなり門の内へ踏みこむことができた。那智黒《なちぐろ》の砂利が敷かれた道を進み、檜の香り漂う玄関口へやってくる。宿直《とのい》の同心に用件を告げると、玄関脇の控え部屋に通された。

しばらくすると、小太りの直島彦之進が渋い顔でやってくる。

少し窶《やつ》れた印象だが、ぽってりした唇がやけに赤いところは弟といっしょだ。

「また、おぬしらか。今度は何の用だ」

直島はいつも不機嫌な口調で尋ね、面倒臭そうなふりをする。それでも助けてくれることがわかっているので、葛城は頰に余裕の笑みを浮かべた。

「先般おはなしいただいた桐畑の辻斬りについて、詳しくお伺いできぬものかと」

「ああ、それか」

「久方ぶりに実家でお目に掛かったとき、兄上はお酔いになってぽろりとこぼされた」

「さよう、あの晩はちと呑みすぎた。なにしろ、父上の笑った顔を久方ぶりにみたゆえな。以前にも言うたはずだ。おぬしに辛く当たったことを、父上はずっと悔いておられた。剣術にしろ、算勘にしろ、父上はわしよりもおぬしの才を買っておられた。それが証拠に、おぬしはみずからの才覚で御小納戸役にまでなったではないか。父は吟味方与力だったご自身の地位を、まことはおぬしに継がせたかったのだ」

「また、そのようなことを」

「わしは吟味方になれなんだ。生涯、裁許帳を捲りつづける例繰方で終わるであろう。

父上のお気持ちを考えると、申し訳ないとおもう。わしがおらねば、今ごろはおぬしが吟味方与力として、ここにおったやもしれぬ」

「何度も申しあげているとおり、わたしは父上の望む子ではありませぬ。陰間嫌《かげま》いの父に疎《うと》まれ、御家人の家へ養子に出されたのですからな」

「それはちがうぞ。おぬしが衆道ゆえ、養子に出したのではない」

「わかっておりますよ。兄上、もうそのはなしは止めにしましょう」

「ああ、そうだな」

直島はすっと立ちあがり、物も言わずに部屋から出ていった。

そして、小半刻（三十分）ほど経ってから戻ってくる。

手には綴《と》じられた帳面を携えていた。

「本来は書庫から持ちだしてはならぬものだ」

憮然として言いはなち、座るとすぐに帳面を開く。指先をぺろりと嘗め、しゅしゅっと慣れた仕種で紙を捲った。

「これは黒墨《くろずみ》あつかいの案件だ」

「何です、黒墨あつかいとは」

尋ねたのは運四郎で、横の葛城が応じた。

「外に漏れてはならぬので、半年経ったら墨で消すのですよ。されど、あつかいということは、まだ消されていない。そういうことですよね、兄上」

「ふむ」

はなしは半年余りまえ、桜の咲きはじめたころまで遡る。

溜池沿いの桐畑で辻斬りがあり、町人がひとり斬られた。屍骸のそばに血曇りの付いた千子《せんご》村正《むらまさ》が転がっており、茎《なかご》に鏨《き》られた銘や特注とおぼしき鞘などから持ち主に行きつくことができたという。

葛城は眉をひそめる。

「兄上、村正と申せば、所持することも憚られる妖刀にござりますな」

「さよう」

大権現家康の父である広忠《ひろただ》が謀反によって斬られた際に使用され、家康の正室だった築山殿《つきやまどの》を斬った家臣の刀も、嫡男の信康《のぶやす》が自害した際の介錯刀も、あるいは、大坂の陣で家康の指に怪我を負わせた刀も、すべて村正であった。それゆえ、家康は家臣に千子村正の所持を禁じたほどで、徳川家においては忌み嫌われる刀となった。

ただ、妖刀と呼ばれるだけあって、斬れ味は尋常なものではないらしい。秘かに所有する好事家《こうずか》も多く、骨董商のあいだではもっとも高値で売買される刀剣のひとつでもあった。

「小耳に挟んだはなしでは、辻斬りに使われたとおぼしき村正を、おぬしら筒二十四の誰かが所有していた。ひょっとしたら、家宝だったのかもしれぬ。金に困ってそれを質屋に預け、質草で流してしまったのだ。その刀がまわりまわって辻斬りの手にはいり、町人を殺めてしまったのではあるまいか」

刀の持ち主を突きとめた町奉行所の廻り方同心が、知りあいの先手組与力に恩を売るべく相談を持ちかけた。その与力というのが、弓二の召捕り方を率いる山際源兵衛だったとすればはなしは繋がると、葛城は興奮気味に臆測を膨らませる。

「運四郎どのもご存じかとおもいますが、小頭は以前、山際さまと同格の与力をつとめておられました。理由はわかりませぬが、山際さまは小頭に一目置いておられます。そうした関わりから内々にはなしを持ちこまれ、小頭は辻斬りの経緯を表沙汰にせぬことを条件に取引をおこなった」

「山際さまに因幡小僧の盗人宿を教えたと」

「いかにも」

先走るふたりを戒《いまし》めるかのように、直島は咳払いをした。

「刀の持ち主が誰かはわからぬ。刀を使った下手人も判明しておらぬが、斬られた相手の素姓はここに記されておる」

綴じられた書面をみせられ、葛城と運四郎は鶴のように首を伸ばす。

「行商の甚吉《じんきち》とありますね。ふうん、薬売りですか」

直島は顔を曇らせた。

「それは表の顔だ。裏の名は穴の甚六《じんろく》と申してな、騙《かた》りで捕まり、牢屋敷に三年もはいっておった」

「えっ、三年も」

「古株なうえに算勘ができる。穴の隠居と呼ばれる牢名主の金庫番だったのさ」

その金庫番が、牢屋敷から出てきた数日後に斬られた。

「臭うな」

と、葛城がこぼす。

「まことに、辻斬りだったのかどうか」

「そこよ。おぬしが因幡小僧の捕縛に向かうと聞いて、ふと、この一件が頭に浮かんだのさ」

「何故にでございますか」

「穴の甚六は、本来は遠島になるはずだった。牢屋敷から出されたのは、町奉行所と取引をしたからだ」

「つまり、密偵となった」

「ふむ、内々ではそう聞いておる。しかも、密偵となって探っていた相手が、そのころ世間を騒がせておった因幡小僧だ」

「えっ、まことですか」

知らぬような顔をしながら、誰よりも裏事情に精通している。それが葛城翼の兄、直島彦之進にほかならない。

「なるほど、そうなると、因幡小僧の息が掛かった者に斬られたのかもしれませぬな」

「そう考えるのが、まずは常道だろう。にもかかわらず、この一件は辻斬りとされ、黒墨あつかいになった」

「密偵を斬られたとなれば、町奉行所の面目が潰れるからでしょうか」

「それもある。だが、一番の理由ではない」

「一番の理由は、やはり、村正にござりますか」

弟のことばに、兄はゆっくりうなずいた。

廻り方の同心が村正の持ち主を探りあてたことで、はなしがややこしくなったのだ。

「同心の名をお聞かせください」

「定町廻りの浦上十郎左衛門だ」

「あっ、さきほどの」

葛城と運四郎は顔を見合わせる。

直島がつづけた。

「何かと、悪い噂の絶えぬ男さ」

浦上は火盗改に恩を売ろうと考え、筒二十四ではなしに、弓二の与力にはなしを持ちかけた。

「弓二にたまさか、知りあいでもおったのだろう」

「さらに、それがうちの小頭の耳にはいり、事を表沙汰にしないことの見返りを求められた」

「弓二にとって喉から手が出るほど欲しかったのは、因幡小僧の盗人宿が何処にあるかだ。それをどうしたわけか、おぬしらの小頭は嗅ぎつけていた」

「仲間を助けるために、手柄を譲ったというわけですね。さすが、小頭だな」

手放しに褒める葛城を、兄の直島は窘《たしな》めるように言う。

「しノ字小平太は、それほど甘い人間ではないぞ。情報を流した裏には、何か別の意図があったのかもしれぬ」

奇《く》しくも、運四郎と同じことを漏らしたので、葛城は驚いてこちらをみた。

疑念が疑念を呼ぶ情況に、頭は混乱しかけている。

いずれにしろ、凶賊の頭目は野放しのままだ。

焦りは募るばかりであった。

七

二日後の朝、運四郎のすがたは小舟のうえにある。

大川に水脈《みお》を曳く小舟の行きつくさきは、小名木川《おなぎがわ》としか報されていない。

火盗改に配されて早々に、出役で亀戸《かめいど》村の羅漢寺《らかんじ》へ向かったことがおもいだされる。

向かうさきが羅漢寺かどうかはわからない。知っているのは、船頭の与平次《よへいじ》と孫娘の於菟《おと》だけだ。

しノ字小平太を探しあぐねるなか、隼の弥一から朝一番で「小網町《こあみちょう》の鎧《よろい》の渡《わた》しに来てほしい」という言伝《ことづて》を告げられた。誰からの言伝かはわからない。弥一は「会ってからのお楽しみ」と意味ありげに笑うので、しノ字小平太ではないかと期待した。

さっそく、鎧の渡しまで来てみると、髪を銀杏返《いちょうがえ》しに結った十ほどの娘に「おうい」と呼びかけられた。

於菟である。

満面の笑みを浮かべ、気楽に「乗りなよ」と誘ってくれた。

与平次はいつもどおり、渋い顔で煙管《きせる》を燻《くゆ》らしていた。

渡しの仕事は一段落ついたところのようだった。

ほかには誰もおらず、弥一に言伝を託した相手が誰かはわからない。

与平次と於菟には、何度か世話になっていた。

出会いのきっかけをつくってくれた葛城翼には「江戸案内の師匠ですよ」と、紹介された。一年余り前、城勤めの長かった葛城は江戸の町に不案内だった。みかねたしノ字小平太に引きあわされたのだ。

ふたりにはずいぶん助けられたと感謝しつつ、葛城は与平次のことを少しばかりはなしてくれた。

以前は「木菟《みみずく》」の異名で呼ばれた錠前破りであったという。

盗まれた側の商人たちも手際の良さに舌を巻くほどであったが、仲間の密告で火盗改に捕縛されてしまった。捕縛したのが小平太で、与平次は何かよほどのことがあったのか、ことばを失っていた。ひとのはなしは聞けても返答ができず、読み書きもままならぬため、筆談も難しかった。仕方なく、小平太が読み書きを一から教えてやり、やがて、ふたりは信頼の絆で結ばれるようになった。

　盗人どもにしてみれば、公儀に寝返った与平次は裏切り者の密偵である。だが、葛城は「過ちに気づいて心を入れかえた、まっとうな人間にほかなりません」と、情感を込めて言った。

　そのとおりだとおもう。

　つきあってみれば、すぐにわかることだ。

　ただし、於菟は与平次が盗人だったことを知らない。自分が「じっちゃん」の声の替わりだと胸を張り、虎にちなんだ於菟という名は「じっちゃん」に付けてもらったのだと自慢した。

　母親は与平次の娘だが、父親の素姓はわからぬらしい。母親は於菟が年端もいかぬころに失踪し、与平次は於菟に死んだと伝えているようだった。

　於菟は優しい娘だ。

　運四郎が賊を取り逃がしたとき、手の甲を撫でながら「きっと、つぎがあるから」と慰めてくれた。

　与平次は船尾に座り、巧みに櫓《ろ》を操っている。

小舟は大川を突っ切り、小名木川への入口へ舳先《へさき》を差しいれていった。

放生会《ほうじょうえ》で亀や鰻を放す万年橋の下を潜り、のんびりと東へ進んでいく。

川面は夕照を映し、臙脂《えんじ》色に染まっていた。

そもそもは房総から塩を運ぶために掘鑿《くっさく》されたものらしく、幅の広い堀川が何処までもまっすぐにつづき、遥か彼方まで見通すことができる。

「小頭に会えるのか」

運四郎が不安げに漏らすと、船首に座る於菟が小首をかしげた。

「知らないよ。しノ字のおっちゃんがそこに居るかどうかなんて、じっちゃんにもわかるわけがない」

それならどうして、わざわざ舟で連れてきたのか、与平次や於菟を責めるつもりはないが、意図を質してみたくなる。

「あんたが乗りたそうにしていたからさ」

からかわれているのだろうか。

小舟は新高橋《しんたかばし》を潜りぬけて勢いを増し、猿江《さるえ》町の五本松や羅漢寺へ通じる亀戸の桟橋も通りすぎた。

さらに進めば中川にぶつかり、中川を突っ切れば新川を経て行徳《ぎょうとく》河岸までつづく。

行徳河岸から江戸へ魚を運ぶ押送船《おしおくりぶね》などは、中川御番所で航行の許しを得なければならない。

与平次はいったい、何処へ向かう気なのか。

運四郎の不安を嘲笑《あざわら》うかのように、小舟は御番所の脇から中川へ躍りだし、急な流れに乗って対岸へ向かうや、新川の注ぎ口へ舳先を捻じこんでいった。

そして、新川を滑るように進み、ついに行徳河岸へたどりついた。

「あそこで降りるんだよ」

於菟はにっこり笑う。

与平次は巧みに舟首を寄せ、桟橋の端に纜《ともづな》を投げた。

纜の輪っかが、杭に引っかかる。

ぐんと引っぱられ、舟の動きは止まった。

陸にあがってみれば、すぐそばに『うどん』と書かれた幟がはためいている。

「笹屋《ささや》だよ。もうすぐ正午だから、名物のうどんでも啜ればいいよ」

ぐうっと腹の虫を鳴らすと、於菟は腹を抱えて笑った。

与平次は目も合わせず、煙管を不味そうに燻らしている。

少し休んだら、うどんも食わずに戻ってしまうのだろう。

運四郎は桟橋を背にして、とぼとぼ歩きはじめた。

羅漢寺へ連れていかれたときと、同じような胸騒ぎを感じている。

あのときは寺の栄螺堂《さざえどう》に召捕り方の面々が集まっており、右も左もわからぬうちに出役へ駆りだされた。ごつごつとした岩を積んで築いた亀戸富士に登り、浅間神社に集まった賊どもと命懸けで剣戟《けんげき》を交えたのだ。

同じことが起こらぬようにと念じ、葦簀《よしず》張《ば》りの『笹屋』に近づくと、見知った男が赤い毛氈《もうせん》の敷かれた床几《しょうぎ》に座り、うどんを威勢よく啜っていた。

「あっ」

相手はすでに気づいており、箸を握った右手を「よっ」と持ちあげる。

料理好きで子だくさんの「まごさん」こと野々村孫八であった。

「野々村さま、どうしてここに」

「わしが弥一に言伝を頼んだのさ」

「えっ、そうなのですか」

「まあ、よいではないか。おぬしも食え。なかなかいけるぞ、笹屋のうどんは」

野々村は小鼻を膨らませ、給仕の娘に狐うどんを注文する。

「おあげが美味いのさ。何とも言えぬ甘味があってな」

「そんなことより、呼びつけた理由をお聞かせください」

「そう焦るな。焦る小僧は貰いが少ないと申すではないか」

前垂れの娘が、狐うどんを運んできた。

さっそく器を取り、湯気を掻き分けるように箸でうどんをたぐるや、ぞろぞろと豪快に啜る。

「ふはは、どうだ」

「美味うござる」

「なっ、そうであろう」

熱々のおあげも、火傷をせぬように気をつけて食べる。

「この甘さ、なるほど、深うござりますな」

「わしの言うたとおりであろう」

ずるっと汁を呑むと、昆布と鰹の風味が口いっぱいに広がり、からだの芯まで温まってくる。

運四郎は黙々とうどんを啜り、汁は最後の一滴まで呑みほした。

「ふう、ごちそうさまにござりました」

「おう」

野々村は満足げに応じ、ふたりぶんの代金を床几に置いて立ちあがる。

「お待ちくだされ」

運四郎は唇を突きだし、恐い目で睨みつけた。

「うどん一杯でごまかされませぬぞ。それがしを呼びつけた理由を伺いたい」

野々村はあきらめたように溜息を吐き、すとんと床几に尻を落とす。

「ほかの連中には知られたくない。小頭にも、おぬし以外には言うなと、釘を刺されたからな」

「小頭に釘を」

「おぬし、村正の一件を調べておるらしいな。その村正、わが野々村家に代々伝わる家宝だったのさ」

「げっ」

食べたばかりのうどんが、口から飛びでそうになった。

突風のような海風に煽られ、赤い毛氈が捲れてしまう。

「何かの予兆かもな」

野々村が淋しげに微笑んだ。

達観したような表情にもみえる。

運四郎は返すことばを失っていた。

八

千鳥が群れ飛ぶ河岸を背にし、木下《きおろし》街道を進んだ。

半刻（一時間）ほど歩いてたどりついたさきは、八幡《やわた》宿である。

「宿場外れに、方二十歩の藪がある。深い藪にちなんで、出口のみえぬことを『八幡の藪知らず』と言うようになった。知っておったか」

「いいえ」

「今のわしには、その喩えが似つかわしい。いっこうにみえぬ出口を探して、藪のなかを彷徨《さまよ》うておるようなものさ」

執念で摑んだ手蔓《てづる》をたどり、旅籠《はたご》もまばらな八幡宿までやってきた。

成田詣での遊山客は遊里のある船橋に宿を取るので、ひとつ手前の八幡の宿場は諫鼓《かんこ》鶏《どり》が鳴いている。

「村正を預けた質屋に何度も通い、意趣返しを恐れる主人を説きふせ、ついに村正を買った相手の素姓を吐かせた。塩崎勘助《しおざきかんすけ》と申す浪人者でな、ほかにも村正が手にはいったら、八幡宿の『房州屋《ぼうしゅうや》』まで連絡《つなぎ》を取るようにと、質屋の主人は告げられておった」

野々村は、塩崎の似面絵を懐中に仕舞っていた。

「わざわざ絵師を呼んで描かせるまでもなかったがな」

みせられた絵の男は顎の長い茄子顔で、月代をぼさぼさに伸ばしている。おまけに頬や顎に無精髭まで生やしており、一見するとお尋ね者の兇状持ちとしかおもえぬような人相だった。

「塩崎は村正に十両出したという。しかも、同程度の業物《わざもの》ならば、何振りでも高値で買うと言ってのけたそうだ」

食いつめ浪人のできることではない。金満家の好事家が後ろ盾になっているのだろうと、質屋の親爺はおもったらしい。

「されど、塩崎なる浪人者が穴の甚六を斬った下手人とはかぎりませぬ」

誰かに刀を転売したかもしれず、そのあたりは本人に問う以外にない。

「問うてみるつもりさ」

「殺しの下手人がわかったら、どうするおつもりですか」

運四郎が肝心な問いを投げかけると、野々村は道端で足を止めた。

乾物屋の庇《ひさし》が陰をつくり、穏やかな陽光を遮っている。

小春日和と呼ぶにふさわしい暖かさだ。

野々村は額にうっすらと汗を滲《にじ》ませる。

「斬られた甚六という男は、密偵となって因幡小僧を調べておったと聞いた。火盗改が必死に追っていた因幡小僧に繋がる端緒を、わが家に伝わる村正が断ちきったのだ。これを因縁と言わずして、何と言えばよい。わしには密偵殺しのからくりを暴き、すべてをあきらかにする責務がある」

「すべてあきらかになったら、野々村さまはどうなさるおつもりですか」

「ふっ、さようなこと、血濡れた村正を供養でもしながら、ゆっくり考えるさ。質の流れと人の行く末は知れぬとも言うではないか」

役目を辞するつもりではあるまいかと、運四郎は心配した。

浪々の身となれば、子だくさんの野々村家は困窮するにちがいない。

野々村がおらぬようになれば、炊きだしを楽しみにしている召捕り方の面々も悲しむだろう。

そうはさせたくないなと、運四郎はおもった。

ただ、誰からも親しまれる野々村を辞めさせぬためには、密偵殺しをうやむやにするしかないが、それでは野々村の矜持が許さぬだろう。

板挟みだな。

小頭のしノ字小平太は、どう考えているのだろうか。

「密偵殺しに使われた村正の事情は、弓二の山際さまもご存じだ。浦上十郎左衛門という南町奉行所の定町廻りが密告した。密告に先んじて、浦上はわしのもとへもやってきおった」

なにがしかの誠意をみせねば、質草で流した村正が殺しに使われたことを表沙汰にすると脅しつけたのだ。

「村正を持っているというだけで、罰せられるやもしれぬ。ましてや、まわりまわって殺しに使われたと目付筋が知れれば、切腹の沙汰を下されても文句は言えぬ。わしは覚悟を決めた。無い袖は振れぬゆえ、勝手にいたせばよいと突っぱねたら、浦上は事を表沙汰にはせず、山際さまのほうへはなしを持ちかけた。火盗改に貸しでもつくる気だったのだろう」

「なるほど、そういう経緯でしたか」

「皮肉なことに、強請《ゆす》りを仕掛けてきおった浦上のおかげで、わしは密偵殺しの裏事情を知ることとなった。伝手を頼っていろいろと調べたり、質屋に足繁く通いはじめたのも、それがきっかけでな。とどのつまり、浦上は持ちこむ相手をまちがえた。山際さまは策士にはちがいないが、木っ端役人のはなしに乗って私腹を肥やそうとなさるお方ではない。山際さまはこの件を、弓二の手柄に利用しようと考えたのさ」

「うちの小頭にたいして、内々で取引を持ちかけてきたのですね」

「小頭が因幡小僧の調べを進めているとわかったうえでな。小頭はわしなぞのために、盗人宿の在処を山際さまに教えたのだ。小頭の恩に報いるためにも、密偵殺しの全貌をあきらかにせねばならぬ」

　意気込みは痛いほど伝わったが、新たな疑念が脳裏を過ぎる。

「何故、それがしをお呼びに」

「どれだけ力んだところで、わしは役宅詰めの役立たずだ。剣術はろくにできぬし、七《しち》方出《ほうで》の術も知らぬ。小頭もそのあたりを案じてくれたようでな、調べを進めるなら誰かを助っ人につけると言うてくれた」

「さようなこと、ひとことも聞いておりませぬが」

「さもあろう。小頭とはそういうおひとだ。いちいち命《めい》を口にせぬ」

　少々腹も立つが、選んでくれたことは誇らしくもあった。

「小頭は、おぬしのことを評しておられた。『あやつはたいして役に立たぬが、ほかの連中とちがって手抜きをせぬ。それゆえ、張りこみなどにはうってつけだ』とな」

「何ですか、それは。褒められている気がいたしませぬな」

「そうか。おぬしを買っておられるとおもうがな。まあ、いろいろと喋ったが、ともあれ、よろしく頼む」

頭を下げられ、運四郎は戸惑った。

納得できぬまま、野々村の背にしたがって『房州屋』までやってくる。

敷居をまたぐと、番頭が揉み手で近づき、部屋は空いているので好きなだけ逗留していってほしいと述べるや、痩せた女に盥《たらい》を持ってこさせた。

まとわりつくような仕種で足を洗ってもらい、二階の部屋へ案内される。

客は少なそうだ。ふっくらしたおかめ顔の小女が茶を運んできたので、逗留している客のことなどをやんわりと尋ね、据え風呂があるというので、旅の疲れを取るべく風呂へ向かった。

湯舟にゆったり浸かって部屋へ戻ると、猫足膳の仕度ができており、さきほど足を洗ってくれた女が酌女《しゃくおんな》となってあらわれた。おしろいを白壁のように塗っても、痩せて貧相なからだつきをごまかすことはできない。

野々村がおもいきって「塩崎勘助と申す茄子顔の浪人は知らぬか」と問うと、酌女はあっさり「存じておりますよ」と応じた。

所の破落戸《ごろつき》に用心棒として雇われているので、夜な夜な開帳している賭場へ行けば会えるのではないかという。野々村が「このことは内密に」と言いふくめ、小粒を一つ握らせてやると、酌女は飛びあがらんばかりに嬉しがり、賭場への行き方を教えてくれた。

「こいつは幸先がよい」

ふたりは夜の帷《とばり》が降りるのを待ち、勝手口から外へ抜けだした。

夜遊びに向かうのに言い訳をする必要もないが、旅籠の奉公人たちに怪しまれたくはなかった。

酌女に教わった賭場は、宿場の棒鼻を越えたさきにあった。

道を外れて雑木林を進むと廃寺があり、山門脇に篝火が点っている。

野々村と顔を見合わせてうなずき、朽ちかけた山門へ近づいていった。

破落戸風の番人がひとり立っており、睨みつけながら誰何《すいか》してくる。

酌女に聞いて来たと正直に告げると、すんなり通してくれた。

外の静けさとはうらはらに、盆茣蓙《ぼんござ》の敷かれた伽藍《がらん》は賑わっている。

野々村は丁半博奕《ばくち》に詳しいらしく、勝手知ったる者のように帳場へ向かい、銭を駒札に換えてきた。

空いた席に腰を下ろすと、周囲の目が気になった。

やはり、月代を剃った侍はめずらしいのだろう。

それでも、中盆《なかぼん》は気に掛けない。

「半方、半方はござんせんか」

「よし、乗った」

野々村は誘われて言いはなち、駒札を積んだ。

壺振りが巧みに壺を振り、賽《さいころ》が振りだされる。

「一一《ぴんぞろ》の丁」

中盆の声が響き、溜息が漏れた。

手長《てなが》が伸び、面前の駒札はきれいになくなる。

どうせ、負けるに決まっているのだ。

ほかの客が顔を向け、片頰で笑ってみせた。

紫煙に巻かれた帳場には、目つきの悪い胴元が座っている。

眸子を爛々とさせた用心棒らしき浪人者も見受けられた。

あいつだ。

茄子顔の塩崎勘助にまちがいない。

運四郎はおもわず、声を漏らしそうになった。

すでに野々村も気づいており、素知らぬ顔で駒札を積み、おもしろいように負けていった。

仕舞いには駒札をすべて失い、潔く盆茣蓙から立ちあがる。

運四郎も野々村の背にしたがい、ふたりは廃寺をあとにした。

そして、藪中の暗がりに潜み、しばらく様子を窺う。

「おりましたな」

「ああ、おった」

「どうします。出てきたところを襲いますか」

運四郎が囁きかけると、野々村は顔をぬっと近づけてきた。

「いや、まだ早い。ちと、様子をみよう」

「承知しました」

「おぬし、ここで張りこんでくれぬか」

「ええ、そのつもりですよ」

「朝になったら、荷物をまとめて戻ってくる。どちらかが旅籠におらねば、怪しまれるからな」

「はあ」

朝まで交替はないと知り、げんなりしてしまう。

「さればな」

野々村はそそくさと去り、藪中にひとり残された。

空を仰げば満天の星だが、次第に寒さは耐えがたいほどになってくる。

それでも、運四郎は灌木の根本に蹲り、朝が来るのをじっと待ちつづけた。

九

はっとして目を覚ます。

周囲は白々と明け、からだは朝露に濡れていた。

「へっ、くしょい」

くしゃみを放ち、慌てて口をふさぐ。

人の気配が迫り、運四郎は身構えた。

「わしだ、急げ」

上から覗きこんできたのは、旅装を整えた野々村である。

「塩崎が動いたぞ。宿場から起つところだ」

がばっと起きあがり、曲がった腰を伸ばす。

野々村の背につづき、来た道を戻りはじめた。

「ほれ、あそこにおる」

塩崎は『房州屋』の店先で、番頭と何やら会話を交わしている。

「朝餉には房州沖でとれた鯖が出た。塩麴でこんがり焼いてあってな、脂が乗って美味かったぞ」

「ちょっと待ってくださいよ」

腹の虫がぐうぐう鳴りはじめる。

「ほれ、おぬしに結びを作ってもらった」

野々村の差しだした笹の葉を開くと、じゃこのまぶされた結びがふたつ並んでいる。

ひとつ摑んで啖《くら》いつき、歩きだした塩崎を追いかけた。

「うっ」

飯を喉につかえさせると、野々村は竹筒を寄こしてくれる。

「世話の焼けるやつだな」

竹筒をかたむけると、昆布出汁の冷まし汁が入れてあった。

あまりに美味いので、ごくごく呑んでしまう。

「もったいないから、加減して呑め」

「はい」

塩崎は木下街道ではなく、成田街道を西にたどりはじめた。

最初の宿場は市川宿、半里と少しなので、さほど歩いた気もしない。

八幡から市川にかけては日蓮宗が盛んなところらしく、路傍の石碑にも髭題目《ひげだいもく》がめだつ。

塩崎は市川宿にはいっても足を止めず、真間《まま》川に架かる根本橋を渡った。

まっすぐに進めば国府台だが、右手の丘陵へ向かう。

「あのさきは」

「真間の弘法寺《ぐほうじ》だな」

江戸からは三里強、関八州でも一、二を争う紅葉の名所らしい。

四半刻（三十分）ほども歩くと、小高い本堂へとつづく山門がみえてきた。

「仁王門だな」

苔生《こけむ》した仁王像や燈籠をみれば、古刹のおもむきがある。

徳川家より三十石を与えられた朱印地のなかには、徳川光圀が『遍覧亭《へんらんてい》』と名付けた茶室もあるという。

「よく知られているのは、手古那《てこな》のはなしだ」

上り道に息を切らしながらも、野々村は絶世の美女の逸話を語ってくれた。

多くの男に言い寄られて悩んだあげく、池に身を投げた美女の悲劇である。

麓には手古那が身を投げた池もあるし、手古那を祀った御堂も築かれていた。

大黒天を祀る大黒堂や鐘楼堂も、鮮やかに色づいた木々に包まれている。

紅葉狩りに訪れた遊山客も少なくない。

ふたりは塩崎を追って、急勾配の石段を上っていった。

上りきったところで「あっ」と、運四郎は声を漏らす。

高さ五丈の楓が、真正面に植えてあった。

葉の連なりが紅蓮の炎となり、本殿をすっぽり覆っている。

「絶景かな、絶景かな……」

大木の根元には赤い毛氈が敷かれ、商人らしき肥えた人物が盃をあげていた。

商人のそばには着飾った大勢の芸者衆が侍り、太鼓持ちは剽軽《ひょうきん》に踊っている。

「……西方を遥かにのぞめば、千代田のお城もみえまする。絶景かな、真間の紅葉に勝るものなし」

太鼓持ちの口上に合わせ、芸者衆も陽気に踊りだす。

月代を剃った侍らしき者たちも見受けられた。

「あれはたぶん、山同心だぞ」

野々村は苦虫を嚙みつぶしたような顔で言う。

山同心たちも取りこんだ宴会ゆえに、住職も文句を言えぬのだろう。

「やりたい放題だな」

しかも、宴席の端には、塩崎勘助のすがたもあった。

「なるほど、紅葉狩りの末席に招かれたというわけか」

野々村はうなずき、運四郎の肩を叩かんばかりに喜ぶ。

悪党どもの尻尾を摑んだ気になっているのだ。

運四郎は、参道を通りかかった小坊主を呼びとめた。

「あそこで浮かれているのは、いったい誰だ」

「野州屋《やしゅうや》雁右衛門《がんえもん》ですよ」

「ほう、商売は何を」

「今は材木問屋にございますが、もともとは山売《やまう》りだったとか」

山売りとは、効くか効かぬかわからぬ怪しげな薬を売る行商のことだ。

小坊主の言いっぷりからしても、善人とは言い難い人物のようだった。

「そう言えば、斬られた密偵も薬の行商をやっておったな」

野々村の指摘に、運四郎は相槌を打つ。

「怪しゅうございますな」

「ああ、ぷんぷん臭うぞ」

「塩崎を拐《かど》かしてみれば、野州屋の裏の顔もわかるやもしれませぬぞ」

「よし、陽が落ちるのを待とう」

まだ正午にも届いていない。

日没までのあいだ、どうやって時を保たせればよいというのか。

運四郎は溜息を吐きたくなったが、野々村は楽しげに境内を散策しはじめる。

召捕り方の面々とちがって、のんびりしているところが美点なのかもしれぬ。

ふたりは永遠につづきそうな宴席を目の端におさめつつ、弘法寺の域内を隈無く歩きまわった。

そして、歩き疲れてからは、門前の茶屋で数刻を過ごした。

酒盛りがようやく散会になったのは、夕の七つ（午後四時）を過ぎたころである。

野州屋の動向を探ることも考えたが、当初に決めたとおり、塩崎を拐かして密偵殺しの経緯を質すことにした。

塩崎は野州屋の一団と別れ、今朝来た道を戻りはじめる。

市川宿から成田街道をたどって、八幡宿へ向かったのだ。

夕陽が沈みゆくなか、馬頭観音の立つ道端へやってきた。

塩崎は屈んで草履を直し、間道のほうへ身をひるがえす。

「あっ」

予期せぬ動きに焦り、ふたりは急いで間合いを詰めた。

勘づかれたのかもしれないという不安が脳裏を過ぎる。

狭い間道をたどり、雑木林へ通じる暗い道に出た。

塩崎のすがたはみえず、焦りだけが募る。

「見逃したかな」

「どうします」

「八幡宿へ戻るか」

「そういたしましょう」

相談がまとまったところへ、ふいに冷たい風が吹きよせてきた。

草叢《くさむら》がざわざわと揺れ、殺気のようなものが近づいてくる。

「うわっ」

右手の木陰から、人影が飛びだしてきた。

野々村は驚いたうえに、腰を抜かしてしまう。

運四郎は刀の柄に手を添え、ぐっと腰を落として身構えた。

左手の木陰からも、別の人影が飛びだしてくる。

いずれも白兎の面を付けており、身のこなしは忍び並みに軽い。

しかも、正面にもうひとり佇んでいた。

気配を殺していたので、気づかなかったのだ。

三人目も白兎の面をつけ、地に根が生えたように動かない。

「鼠め、うぬらは何者だ」

面の下から、くぐもった声が聞こえた。

「もしや、火盗改か。なるほど、腐れ浪人のあとを尾《つ》けたな」

問いかけねばならぬとおもったが、恐怖で声にならない。

金縛りにあったかのごとく、からだも動かなくなった。

正面の白兎が、すっと間合いを詰めてくる。

「ふふ、ここが年貢の納め時」

吐きすてるや、白刃を抜きはなった。

「おい、伊刈。刀を抜け」

後ろから、野々村が怒鳴りつけてくる。

抜けるものなら、疾《と》うに抜いていた。

じりっと、なおも白兎が近づく。

――くそっ。

こんなところで死にたくない。

「伊刈、何をしておる」

野々村の声が遠ざかっていく。

白兎は青眼から、鋭く突いてきた。
刀の切っ先が、ぶわっと膨らんだように感じる。
「あっ」
同じ情況を体験したことがあった。
が、いつのことかおもいだせない。
おもいだすまえに、地獄へ堕ちるのだろう。
「死ね」
白兎の面がさらに近づいた。
と、そのときである。
背後から、凄まじい勢いで跫音《あしおと》が迫ってきた。
——たたたた。
白兎は耳をぴくりと動かし、慎重に後退《あとずさ》りしはじめる。
左右の白兎も同様に動き、闇の向こうへ消えていった。
三人の賊がみえなくなっても、運四郎は動けずに立ったままでいる。
跫音の人物が、後ろから身を寄せてきた。
正面に素早くまわりこみ、拳で頬を撲《なぐ》りつけてくる。
——ばこっ。
真横に薙ぎ倒されたが、すぐに起きあがった。

折れた歯を、ぺっと吐きだす。

凄まじい顔の刀傷が、鼻先でのたうっていた。

「術に掛かりおって、このたずめが」

太い声の主は、しノ字小平太にほかならない。

「……こ、小頭……ど、どうしてここに」

運四郎が問いかけると、めずらしく返事が戻ってきた。

「白兎を罠に嵌めるためさ。おぬしらを使おうと考えたのが、そもそものまちがいだった」

小平太は白兎どもの消えたあたりまで歩き、運四郎を手招きする。

「こっちへ来てみろ」

野々村ともども恐る恐る向かってみると、屍骸がひとつ転がっていた。

「あっ」

塩崎勘助である。

「危ういと感じたら、すぐに尻尾を切りやがる。おもった以上に、厄介なやつらだな」

因幡小僧に繋がる端緒のひとつを失った。

運四郎は、がっくり項垂《うなだ》れるしかない。

いったい、小頭は何処まで真相に近づいているのか。

問わねばならぬことが多すぎて、頭は混乱しかけていた。

上様を守れ

一

神無月二十一日、早朝。

運四郎は御先手組同心のひとりとして、将軍家重の警固にあたるべく上野の寛永寺に出向いた。

三十五組ある御先手組のうち、じつに二十組約四百人が駆りだされ、沿道の警固などにあたる。御先手組はひと組につき、たいてい与力五人から十人と同心五十人前後の都合六十人におよぶ役人を揃えていた。各々の御先手組からは三分の一の人員が割かれているる勘定になるが、筒二十四にかぎっては役宅詰めの内勤をあわせても十二人にしかならない。召捕り方だけでは恰好がつかぬので、頭数を揃えるために内勤の与力同心もすべて駆りだされた。

「ふん、役立たずのがらくたどもめ」

ほかの組下連中は陰口を叩き、家重が乗物から降りる根本中堂の手前から順に、手柄を立てやすい好位置を確保していく。

一番の好位置を占めたのは弓二で、筒二十四はそこから遠く離れ、回廊で繋がる法華堂と常行堂も壮麗な吉祥閣も通りすぎ、大仏や時の鐘すら目にできない黒門の外へ弾きだされた。

ここからさらに後方の三橋にいたるまでのあいだに厠《かわや》が二箇所も仮設されており、そのうちの一箇所が背後にあることから、ほかの御先手組からは「厠番」などと揶揄《やゆ》されている。

「やってられるか」

吐きすてたのは、巨漢の熊沢玄蕃であった。

召捕り方与力の「かつかつ」こと勝目勝之進が、慌てて口をふさごうとする。

「声が大きいぞ。目付に知られたら、御役御免どころでは済まぬからな」

保身に走ろうとする上役を、熊沢もほかの連中も冷めた目でみている。

「そんなことより、杉腰小平太はどうした。小頭のくせに、何故、顔をみせぬ」

勝目の厳しい問いかけに、葛城翼が暢気に応じた。

「何でも、釘を踏み抜いて歩けぬようになったとか」

「見え透いた嘘を吐くな。杉腰が釘を踏み抜くわけがなかろう」

横合いから、由良鎌之介が茶々を入れる。

「勝目さま、踏んだのは釘ではなく、馬の糞かもしれませぬぞ」

どっと、笑いが起こった。

内勤をまとめる「せんぶり」こと、与力の仙川撫兵衛だけは笑わない。

勝目は眸子を剝いた。

「わしを小莫迦にするなら、束にまとめてお払い箱にするぞ」

「どうぞお好きに。されど、われわれがおらぬようになったら、勝目さまがお困りになりますぞ。好んで吹きだまりに来ようとする者など、ひとりもおらぬでしょうからな。どはは」

由良は喉ちんこをみせて嗤い、勝目は奥歯をぎりぎり嚙みしめる。

何やら哀れにも感じられたが、運四郎に助け船を出す気はない。

勝目は配下を蔑《ないがし》ろにし、いつも上の顔色だけを窺っている。そもそも、書院番で刃傷沙汰を起こして飛ばされたらしく、同情の余地は欠片《かけら》もなかった。

ばらばらの召捕り方をまとめることができるのは、しノ字小平太しかいない。

筒二十四の連中は誰もがそれをわかっているので、警固にあらわれない小平太を悪く言う者はいなかった。

勝目だけが、ぶつくさ悪態を吐きつづけている。

「まあ、これでも食べて機嫌をお直しくだされ」

野々村が手に抱えた笹包みのひとつを、勝目に手渡す。

「まだ温こうございましょう。椎茸飯で作った結びにございますよ」

「ほう、椎茸飯か」

勝目の四角い顔も弛む。

「さあさあ。みなさまも」

野々村は籠のなかから笹包みを取りだし、ほかの連中にも配った。

「くふふ、まごさんの炊きだし、これを待っていたのさ」

由良や熊沢も顔をほころばせる。

「こちらに出し汁を仕込んだ竹筒もございます。そう急がずとも、行列がお越しになるまで半刻ほどはございますゆえ、ゆっくりご賞味ください」

みなで結びを食べていると、妙な連中が大八車を牽《ひ》いてきた。

「火盗改の最精鋭、筒組二十四番組の皆々さま、お待ちかね、道具屋長兵衛《どうぐやちょうべえ》がやってまいりました」

元気いっぱいに声を張り、手代たちに命じて大八車のうえに敷いた筵《むしろ》を派手に捲らせる。

「ご覧の通りのよりどりみどり、いつもどおり、使えそうな道具をずらりと揃えてめえりやしたよ」

刺股《さすまた》、突棒《つくぼう》、袖搦《そでがらみ》といった町奉行所の捕り方が使う三つ道具もあれば、防禦などに使う鉢金《はちがね》、分銅鎖《ふんどうくさり》、鎖鎌《くさりがま》、南蛮千鳥鉄《なんばんちどりがね》といった変わり武器、息討器《そくとうき》と称する目潰しなども揃っている。

なかでも目を瞠るべきは、きれいに並べられた十手の数々だった。

火盗改には町奉行所のように「朱房《しゅぶさ》の付いた定寸の十手を携えねばならぬ」という定めがない。それゆえ、長さは一尺二寸から三尺三寸まで、形も鍔付きのものから三つ鉤のものまで、じつにさまざまな十手を揃えてある。

「般若湯《はんにゃとう》も忘れちゃおりやせんよ。下りものとはいかぬまでも、地酒のましなやつを、ほい、樽ごと運んでめえりやした」

軽妙な口上とともに、樽が大八車から降ろされた。

長兵衛は以前、故買品を横流ししていた小悪党だった。しノ字小平太に捕まって性根を叩きなおされ、罪滅ぼしに道具屋をやっているのだという。

「これ、道具屋。場所柄をわきまえよ」

横から口を挟むのは、心配で様子を窺いにきた丸毛主水にほかならない。

「本日は火盗改としての出役ではない。御先手組のお役目ゆえ、物騒な道具を揃える必要もあるまい」

「されど、まんがいちということもございましょう」

「ないない、御参拝の沿道警固に三つ道具など要るものか。そもそも、本役の弓組二番組などは、出役の際にかようなみっともないまねはせぬぞ」

丸毛の指摘どおり、弓二は役宅で整然と支度をととのえ、一糸乱れぬ動きで盗人のもとへ向かう。

「酒なんぞもってのほかじゃ。勝目よ、おぬし、こうしたことを日頃から許しておるのか」

丸毛は坂巻讃岐守が信頼を置く内与力でもあり、勝目としては抗うような口はきけない。

「丸毛さま、じつを申せば、こうしたことはすべて杉腰小平太に任せております。お叱りになるなら、杉腰めをお叱りください」

「しノ字小平太か。何処におる、おらぬのか」

誰もこたえず、長兵衛は帰り仕度をはじめている。

由良と熊沢と小倉又一は、酒樽から酒を酌んでいた。

長兵衛は三人に目配せし、酒樽だけを置いて去っていく。

葛城は笑いながら、こちらに尻を向けた。

帯の背に、三つ鉤の十手が二本挟んである。

一本は貸してくれるつもりなのだろう。

ぽかぽかした陽気のせいか、誰もがみんな楽しげにみえる。

「あっ、先触れが走ってくるぞ」

丸毛が叫んだ。

陣笠の侍がふたり、砂埃を巻きあげながら駆けてくる。

面前を疾風のごとく駆けぬけ、黒門に躍りこむや、根本中堂めがけて駆けていく。

「御成《おな》りじゃ、御成りじゃ」

遠ざかる声を聞きながら、筒二十四の面々は配置に就いた。

「御成りじゃ、御成りじゃ」

「おい、おぬしら、酒樽をどうにかせよ」

丸毛に叱責されても、同心たちは相手にしない。

勝目だけが所在なげに、右往左往している。

先触れが戻ってきた。

息も絶え絶えに走りつづけ、三橋のほうへ遠ざかる。

「ご苦労なこった」

熊沢が吐きすてた。

やがて、三橋のほうから、供揃いも仰々しい将軍の行列がやってきた。

ご先祖への参拝だけに、奴《やっこ》が毛槍を振りまわすような派手な演出はない。

あくまでも厳かに粛々と進んでくるのだが、おいそれと触れられぬほどの威厳を整えている。

家重は在位六年目、齢は四十一であった。

幼いころの病が祟って、ことばを上手に喋ることができない。先代の吉宗が田安《たやす》家を分家させる以前のはなしだが、あまりに頼りない外見ゆえ、文武に優れた次男の宗武《むねたけ》を継嗣にすべしとの声が幕閣からもあがったほどだった。

顔がひしゃげているだの、目つきが尋常でないうえに歯軋りもひどいだのと、幕臣のなかにはひどい噂を流す者まである。なかには、病のせいで頻繁に尿意を催されるので「小便公方」と綽名する不届き者もあり、そうした噂を聞くたびに、運四郎は不快な気分にさせられた。

だが、近習にもことばが伝わらぬのは事実のようで、家重のはなすことばを解するのは、御側衆の大岡出雲守忠光《おおおかいずものかみただみつ》ひとりだけとも言われていた。

いずれにしろ、御先手組に属する多くの者は将軍をはじめて目にする。

誰もが眸子を好奇の色に輝かせており、運四郎も心ノ臓が高鳴ってくるのを感じていた。

二

何しろ、日の本の頂点に座する人物に近づけるのである。

これほどの機会は稀にもあるまい。

運四郎は息をするのも忘れ、悠然と近づく乗物をみつめた。

城中の事情に明るい葛城によれば、将軍の乗物は「溜塗総網代棒黒塗《ためぬりそうあじろぼうくろぬり》」と呼ぶらしい。

色は鷹の羽のような溜色で、細い檜の薄板を何枚も網代に編んでつくった代物だった。

陸尺《ろくしゃく》は十人もおり、いずれも黒絹の羽織を纏ったうえに脇差を佩《は》いている。

供の数はおそらく、二百や三百ではきかぬだろう。

権威を誇示する場面でもあり、豪勢な供揃いには目を吸いよせられた。

警固の者はお辞儀をする必要もないので、しっかりと隈無く行列を観察できる。

もちろん、乗物の前後左右は厳《いか》つい侍たちで固められており、ことに紀州出身の者たちを揃えた「抜刀組」と呼ばれる近習たちは屈強そのものにみえた。

「あの抜刀組、本来は紀州家に属しておってな、上様が城外へ出られるときだけ招集されるそうだ」

由良が低声で漏らす。

「いずれにせよ、われわれの出番などあるまい」

乗物が通過しても縦に長い行列は蜿々《えんえん》とつづき、ほとんど動かぬ姿勢で長いあいだ立たされた。

沿道には見物の町人たちも集まり、やがて、押すな押すなの騒ぎになる。

それらを制するだけでも苦労した。

どうやら、参拝の際は帰路のほうが大変らしい。

正午に近づいたころ、目つきの鋭い偉そうな近習が配下ともどもやってきた。

「門外の警固を任された者は誰じゃ」

呼びつけられ、与力の勝目勝之進が慌てて飛びだす。

「はっ、それがしにございます」

「御先手組のお頭であられるか」

「いいえ、組下を率いる与力の勝目勝之進にございます」

「御先手頭はいかがされた」

「参じておりませぬが」

「参じておらぬでは済まぬであろう。ほかの組はみな、お頭みずから参じておられるのだぞ」

「はっ……も、申し訳ございませぬ」

「ふん、まあよい。わしは抜刀組を率いる姫川平之丞《ひめかわへいのじょう》じゃ。勝目とやら、わしがみるかぎり、おぬしらの控える門外に警固の穴がある。後ろに厠があるであろう。上様があの厠を使われたいと仰せになったら、きっちりお守りする覚悟はあるのか」

姫川のほうが、首ひとつ丈が高い。

上から覗きこまれ、勝目は首を縮めた。

「……む、無論にございます」

「任せてもよいのだな」

「はっ」

「ふん、返事だけはよいな」

姫川は小莫迦にしたように漏らし、勝目の背後に並ぶ筒二十四の面々をみやった。

召捕り方の連中をはじめ多くの者は、怒りの籠もった眸子で睨んでいる。御先手組を蔑《さげす》む姫川の態度に業を煮やしているのだ。

運四郎も腹を立てていた。

みるからに狡猾《こうかつ》そうで、嫌なやつだとおもう。

「小耳に挟んだはなしだが、おぬしらは御先手組のお荷物らしいな。火盗改のくせに、手柄ひとつあげたことがないそうではないか」

あきらかに、姫川は小莫迦にした口調で言う。

運四郎の怒りに火がついた。

「恐れながら、噂を鵜呑みにするのは危うきことかと存じまする。われら筒二十四の力量は、ご自身の曇り無き目でご覧になっていただきたい」

「曇り無き目じゃと。笑止な」

姫川は勝目を手で乱暴に退かし、息が掛かるほどの間合いまで近づいてくる。

「小僧、おぬし名は」

「伊刈、伊刈運四郎にござる」

「偉そうに、よう言うた。わずかでも失態があれば、腹を切らせるからな。そのつもりでおれ」

「はっ」

ぺっと唾を吐き、姫川は配下たちと離れていく。

召捕り方の連中や勝目までが「よう言うてくれた」と、手放しで褒めてくれた。

褒められたことがないので嬉しい反面、言い知れぬ不安が募ってくる。

将軍の乗物を守るべき精鋭組の頭がわざわざ黒門の外までやってきて、警固の様子を確かめていった。何か格別な理由があるようにも察せられ、胸騒ぎに似た感情が燻りはじめたのだ。

それから小半刻ほどのち、いよいよ将軍家重の乗物が戻ってきた。

「ご帰城、ご帰城」

ふたりの先触れが黒門から飛びだし、三橋のほうまで駆けていく。

「何処まで行くんだ、あのふたり」

熊沢玄蕃が惚けた台詞を吐いた。

出役でいつも使う鉄棒は握っていない。

ほかの連中も道具は腰帯に差した二刀だけだが、葛城翼だけは三つ鉤十手を二本携えている。そのうちの一本を、そっと手渡してくれた。

「何故かわかりませぬが、胸騒ぎがいたします」

供先の一団があらわれた。

仰々しい隊列を組み、黒門脇の御成門から外へ出てくる。

しばらくして、乗物の一団がつづいた。

運四郎は緊張の面持ちで周囲に目を配る。

沿道の見物人たちは膝をつき、平伏する体勢で待ちかまえていた。

後ろのほうには、刀を落とし差しにした浪人者などもちらほら見受けられたが、乗物までの間合いは遠い。

乗物はゆっくり通りすぎ、滞りなく離れていった。

ほっと、安堵の溜息を吐いたときである。

どうしたわけか、乗物が止まった。

小姓のひとりが、銀色の草履を持って近づく。

乗物脇の扉が開き、白足袋の足が突きだされた。

「公方様がお降りになるぞ」

沿道がどよめいた。

抜刀組の姫川が配下を引きつれ、鬼の形相で駆けてくる。

「警固の者ども、道をつくれ。厠までの道じゃ」

筒二十四の面々は即座に理解し、見物人たちを退かしにかかる。

沿道に並ぶ人垣に穴が穿《うが》たれ、どうにか道らしきものはできた。

すでに、家重は外に出ている。

侍烏帽子《さむらいえぼし》をかぶったすがたは、なかなかに凜々しい。

顔もひしゃげてなどおらず、福々しい印象だった。

ただ、目の焦点は定まらず、足取りはたどたどしい。

かたわらに付きそうのは、ひとりだけ家重のことばを解するという大岡忠光にちがいない。齢はふたつしかちがわぬというのに、白髪のめだつ忠光には十も離れた老臣のおもむきがある。

家重は忠光を杖代わりにし、筒二十四の面々が築いた「道」を狭い歩幅で進みはじめた。

異変が勃こったのは、家重と忠光が厠に消えた直後のことだ。

姫川の率いる抜刀組が離れた隙を衝き、数人の浪人どもが襲いかかってきた。

「ぬわっ、くせもの」

叫んだ小姓のひとりが無残にも斬られ、周囲は混乱の坩堝《るつぼ》と化してしまう。

「上様をお守りせよ」

誰かの叫びを聞き、運四郎は厠の入口へ急いだ。

突如、白刃を掲げた浪人があらわれ、上段から斬りかかってくる。

「ぬわっ」

運四郎は三つ鉤十手で初太刀を受けつつ、腰に差した刀の柄頭《つかがしら》を相手の鳩尾《みぞおち》に突きだした。

「うっ」

浪人は白目を剝き、その場にくずおれる。

さらに、別のひとりがやってきたが、後ろから追いついた熊沢に撲り倒された。

由良も小倉もやってくる。敢然と白刃を抜きはなち、襲ってくる浪人どもと斬りむすんでいった。

「運四郎、上様をお守りしろ」

「はっ」

由良に命じられ、厠のなかへ躍りこむ。

奥の暗がりまで進むと、家重は忠光に抱えられていた。

「上様、お助けにまいりました」

運四郎は声をひっくり返し、そばに近づいて跪《ひざまず》く。

平常《ふだん》ならば御目見得も許されぬ雲上人だが、ここは寛永寺黒門外の厠内、格式や礼儀など気にしている場合ではない。

「よくぞ来た。御先手組の者か」

忠光に問われ、運四郎は声を震わせた。

「はっ、坂巻讃岐守が配下、筒組二十四番組の同心、伊刈、伊刈運四郎にござります」

家重はとみれば、運四郎の握る三つ鉤十手をめずらしそうに眺めている。

「よろしければ、どうぞ」

忠光を介して手渡すと、家重は玩具を与えられた童子のように喜んだ。

「ともあれ、ここから外へ」

運四郎が先導し、裏口から抜けだす。

そこに、葛城が待っていた。

「お早く。浪人どもがやってきます」

家重は惚けたように佇んでいる。

運四郎は背を向け、膝をついた。

「上様、それがしの背中に」

ふわりと、家重が乗りかかってくる。

軽い。綿毛の蒲団を背負ったかのようだ。

わずかに、香木の匂いがした。

忠光は文句も言わず、黙って後ろにしたがう。

「まいります」

運四郎は駆けだした。

葛城に先導させ、乗物のそばへ飛ぶように戻っていく。

抜刀組の姫川が、ようやくこちらに気づいた。

「あっ、上様じゃ。みなの者、上様をお守りしろ」

屈強な連中が駆けよせ、周囲を固めながら乗物まで先導する。

家重はそのあいだも、運四郎の肩にしがみついていた。

乗物の手前で膝をつくと、安堵したように降りる。

いつのまにか、背後の喧噪は静まっていた。

浪人どもは成敗されたようだ。

「おぬしら、そこから離れよ」

後ろから、姫川が怒鳴りつけてくる。

「上様の御前じゃ、恐れ多いぞ」

言われたとおり、乗物から離れて平伏した。

そこへ、忠光が近づいてくる。

「すまなんだな。おぬしらのおかげで助かった」

慈愛の籠もったことばに、救われたおもいがした。

姫川はふんと鼻を鳴らし、持ち場へ戻っていく。

陸尺が揃って棒を担ぎ、何事もなかったかのように乗物は動きだす。

髷を乱した筒二十四の面々は、平伏して乗物の一行を見送った。

黒門から出てきた他組の連中は、何があったのかぴんときていない。

それほど短いあいだの出来事であったが、筒二十四が名をあげたことは誰の目にもあきらかだった。

背負った家重の感触も、香木の匂いも残っている。

運四郎は誇らしげにおもいつつも、一抹の疑念を消しさることができない。

姫川に率いられた精鋭は、いざという場面で存分なはたらきをしなかった。

そのことが、どうも引っかかってならない。

いずれにしろ、家重を不憫に感じたことは確かだ。

できれば近習となってお仕えしたいと、心の底からおもった。

無論、そうした機会は、万にひとつも訪れることはあるまい。

常のようにお側におらずとも、家重のためにできることはある。

火盗改としての役目を懸命に果たすことで、お仕えせねばなるまい。

運四郎は殊勝にも、決意を新たにしたのであった。

三

家重を襲撃した者たちの素姓も気になるが、火盗改には本来の役目がある。

ことに因幡小僧の探索については、弓二なども目の色を変えてはいるものの、はかばかしい進展はなかった。

解決されていない疑念もいくつかある。

たとえば、真間の弘法寺で宴を張っていた野州屋雁右衛門の素姓だ。

野州屋の宴に招じられていた塩崎勘助は、白兎の面をかぶった連中に斬られた。おそらく、白兎たちは運四郎と野々村の動きを察し、塩崎の口を封じたのだ。そうなると、野々村の村正を質屋で買った塩崎が何らかの秘密を握っていたことになる。

「やはり、密偵殺しに関わっていたのではあるまいか」

野々村はそう言った。

誰に斬られたかは別にして、穴の甚六という密偵は因幡小僧を探っていたことで命を縮めたのであろう。

野々村の粘りが、運四郎を真間の弘法寺へ導いた。尾行していた塩崎を見失ったさきで襲われた情況から推せば、野州屋が因幡小僧と何らかの関わりを持っていると考えるのはあたりまえのはなしだ。

調べてみると、野州屋は日本橋に大きな店を構える材木問屋であった。

今のところ、怪しい気配はない。

わからぬのは、しノ字小平太の動きである。

いったい、何処まで真相に迫っているのか。

野々村や運四郎の動きもわかったうえで、因幡小僧に迫ろうとしていたのは確かだ。

しかし、そのあたりの経緯も、どうやって探索を進めるかという手法も、いっさい教えてもらえない。

そもそも、吹上宿に盗人宿があるのをどうやって知り得たのか。

しかも、残虐な押しこみのあった炭屋からは、下手くそな人相書きがみつかった。

因幡小僧の頭目とおぼしき者から恨みを買っているふうであったが、しノ字小平太はそのあたりの事情もあきらかにしてくれなかった。

召捕り方のほかの連中に聞いても、首を横に振るばかりで探索に乗り気ではない。

正直、運四郎は手をこまねいたまま、焦れったい日々を過ごさねばならなかった。

こうしたときは、長福寺の伽藍で座禅を組むか、堀尾道場で荒稽古に挑むか、どちらかしかない。

運四郎は勝ち気な小夏の顔を思い浮かべながら、筑土八幡そばの堀尾道場へ向かった。

考えてみれば、弓二の書役与力である柏田宮内と一手交えて以来のことだ。

柏田はしノ字小平太に「骨のある若造がいる」と告げられ、道場へ乗りこんできた。

申し合いに苦も無く勝ち、肩すかしを食らったようであったが、負けた運四郎としては忘れてしまいたい出来事となった。

ただし、忘れようとしても、太刀筋だけは忘れられない。

「鳥王剣《ちょうおうけん》か」

鋭い突きが、まざまざと脳裏に甦ってくる。

竹刀が鼻先に伸びた瞬間、ぶわっと先端が膨らんでみえた。

「あっ」

あまりにも唐突に、頭のなかで同様の景色が重なった。

真間からの帰路、白兎に突きを見舞われそうになった。あのときも、白刃の切っ先が膨らんでみえたのだ。

「あやつ、無外流の奥義をきわめておったのかも」

不動金縛りの術で獲物を固めておき、必殺の「鳥王剣」で留めを刺す。

因幡小僧の頭目かどうかはわからぬが、尋常ならざる相手であることは確かだ。

しノ字小平太があらわれねば、まちがいなく、命を落としていたにちがいない。

「柏田宮内、訪ねてみるか」

気づいてみれば、道場の門前まで来ていた。

門弟たちの掛け声を聞きながら、運四郎はくるっと踵を返す。

駄目元で柏田宮内のもとを訪ね、しノ字小平太との関わりを質してみようとおもったのだ。

運四郎が白兎と対峙した夕暮れに何処にいたのかも確かめたかった。

もちろん、白兎の正体が柏田だとは考えてもいない。

弓二の書役与力が凶賊の頭目であるはずはなかろう。

ただ、しノ字小平太が堀尾道場へ寄こした理由も気になった。

ひょっとしたら、柏田を探ってみろと、暗に命じているのではあるまいか。

「考えすぎか」

そこまで期待されているはずはない。

運四郎は阿部式部之丞の役宅がある駿河台ではなく、弓二の与力や同心たちが住む目《め》白台《じろだい》へ足を延ばした。

すでに、夕刻である。

柏田は家に戻っているだろう。

目白台は護国寺《ごこくじ》のそばなので、麻布からは尾張屋敷の西方から大きく迂回して高田馬場をめざす。

江戸川に架かる駒塚橋《こまつか》を渡れば、清戸道《きよとみち》を挟んだ向こうに武家屋敷が広がっていた。

他の先手組や百人組同心の屋敷も抱えた大縄地だが、辻番に尋ねれば弓二の組屋敷はすぐにわかった。

さすがに与力だけあって、長屋門付きの広い屋敷に住んでいるようだ。

二百石取りともなれば、槍一筋の立派な家格である。

しかし、辻番の語るところによれば、柏田は数年前に癇癪《かんしゃく》を起こして妻子を追いだしたらしく、老いた用人と賄いの老女だけを住まわせていた。今でも癇癪は起こすのかと問えば、深酒をしたときなどは手がつけられぬようになるという。

噂好きの辻番もしかと理由はわからぬが、右足に負った傷と関わっているのではないかと疑っているようだった。

辻番に教わった屋敷に向かい、おもいきって門を敲いてみる。

応対に出た用人に来意を告げると、しばらくして内へ招かれた。

表口まで向かうと、柏田本人が立っている。

「何の用だ」

のっけから喧嘩腰に聞かれ、運四郎はことばに詰まった。

勇気を奮いおこし、やってきた理由を絞りだす。

「うちの小頭のことで、伺いたいことがございます」

「小平太のことでか」

「はい」

「柏田さまとは、どのような関わりがおありなのですか」

しばらくじっと考え、柏田はぽつりとつぶやいた。

「若い時分に、ひとりのおなごを争った」

「えっ」

「真間の弘法寺に伝わる手古那の伝説は存じておるか」

「はあ」

「あれと同じよ。小平太とわしは同じ道場で鎬《しのぎ》を削りあった仲だ。配された御先手組もいっしょでな、何かと張りあっておった。今から二十年以上もむかしのはなしだ」

世話になった上役の娘を争い、ある日、娘の気持ちを確かめることにした。

「若気の至りと申せばそれまでだが、ふたりとも真剣そのものでな。されど、若侍ふたりから同時に言い寄られた娘にしてみれば、迷惑千万なはなしだ」

「娘はどうしたのですか」

「悩んだあげく、剃髪して尼寺にはいった」

「そんな」

「ひどいことをしたものさ。されど、それはまだよいほうの思い出だ」

「と、仰ると」

「数年後、われらの組に火盗改のお役目が下った。さっそく網に掛かった獲物は凶賊の頭目、弱法師《よろぼし》の才蔵《さいぞう》という悪党でな。張りきって出役に向かったさきで、わしは失態をしでかした」

小平太とふたりで才蔵を追いかけ、村はずれの百姓屋に追いつめた。

ところが、もう一歩のところで取り逃してしまったのだという。

「才蔵は裏庭に逃れたが、あらかじめまわりこんでいた小平太に行く手を阻まれた。されど、功を焦ったわしが猪用に仕掛けられた罠を踏んでしまった。小平太は慌てて白刃を抜き、逃げようとする才蔵の右小手を落とした。されど、深追いせずにわしのもとへ戻り、鋭い刃を持つ罠を外してくれたのだ」

爾来《じらい》、柏田はまともに走ることもできなくなり、召捕り方から外された。

「小平太に感謝の念など抱かなかった。せめて才蔵を捕まえ、ふたりの手柄にしてほしかった。自分のせいで役立たずになったにもかかわらず、わしは小平太を逆恨みした。そうすることでしか、平常心を保てなかったのかもしれぬ。何年も、いや、何十年経っても、わしはあの日の悪夢を引きずっておる」

身につまされるはなしだ。

運四郎は道場で立ちあっているだけに、柏田の力量がわかる。召捕り方で存分に活躍できたであろうに、書役に甘んじねばならなかった。長い失意の日々をおもうと、同情を禁じ得なくなる。

「同情はいらぬ。これがわしの宿命だ。されど、時折、疼きを抑えきれぬようになる。強い相手と立ちあいたくなるのだ。それゆえ、小平太に堀尾道場を紹介してもらった。されど、いくら竹刀を振っても、疼きが消えぬときがある。そうなれば、酒に走るしかない。酒を呑んで自分を見失い、闇のなかで暴れまわる。そんな暮らしがつづけば、妻子にも愛想を尽かされよう」

柏田は自嘲し、三白眼で睨みつけてくる。

「ほかにも、聞きたいことがあるのか」

「い、いえ。充分にござります」

「されば、わしからひとつ聞こう。おぬしは何故、凶賊を追う。何のために、凶賊を捕らえようとするのだ」

「考えたこともござりませぬ」

「ふん、手柄をあげたいからか」

「正直、手柄はあげとうござります。手柄をあげねば、仲間としてみとめてもらえませぬゆえ」

「仲間とな」

「はい。それがしは一日でも早く、一人前の召捕り方になりたいのでござります」

運四郎が懸命にこたえると、柏田は眸子を細める。

「一人前になるために、もっとも必要なこととは何だ」

「もっとも必要なこと……わ、わかりませぬ」

「それはな、矜持だ」

「矜持でござりますか」

「さよう。どのような立場に置かれていても、この身がお上の屋台骨を支えているという誇りなくして、火盗改のお役目はつとまらぬ。極悪非道な凶賊どもと命懸けで闘うことなどできぬ。そうではないか」

「はっ」

運四郎は背筋を伸ばし、腹の底から返事をする。

柏田は、ふっと微笑んだ。

「小平太に会ったら伝えておけ。いつになったら剣を交えてくれるのかとな」

「えっ」

「ふっ、戯《ざ》れ言《ごと》だ。おぬしにはなすことは、もうない」

運四郎は深々と頭をさげ、柏田のもとを去った。

すっかり暗くなった帰り道を、胸苦しい気分でたどる。

しノ字の傷がどうやってできたのかも、ほんとうは尋ねてみたかった。

きっと知っているにちがいない。

だが、柏田の重すぎる過去を聞いてしまうと、問いを重ねるのは躊躇《ためら》われた。

ましてや、因幡小僧との関わりを質すことなどできなかった。

質した途端、斬られてしまいかねない殺気を感じたのである。

一条の光と言うべきは、火盗改の心構えを説かれたことだ。

正直、柏田のことばは胸に響いた。

柏田自身が矜持を胸に秘めているとすれば、火盗改の仲間を裏切るようなまねはすまい。

「あのひとが白兎のはずはない」

一瞬とはいえ疑ったことを、運四郎は心の底から悔いた。

四

神無月二十七日、元号は宝暦に換わった。

城中で改元の儀が催された数日後、丸毛主水より「急ぎ出仕するように」との命があり、不安に駆られながらも平川町の役宅へ来てみると、何やらみながいつもとちがって温かい態度で迎えてくれる。

さっそく、丸毛の御用部屋を訪ねると、下にも置かぬ態度で招かれた。

「これはこれは、伊刈運四郎どの。よくぞお越しくだされた」

ことばつきまで丁寧すぎて、なにやら、こそばゆい。

丸毛の座る背後、床の間に置かれた花入れには南天桐の赤い実が飾ってある。

「中庭から枝ごと折ってきたのじゃ。鵯《ひよどり》のやつめらが実を突っついて、どうせ、あらかた落としてしまう。そうなるまえに、部屋に飾っておこうとおもうてな。きれいな実を横取りする輩は許せぬ。腹が立つ。手柄を横取りする連中は、鵯よりも質が悪い。のう、そうであろう」

「はあ」

下座にかしこまると、丸毛はさっそく「余所行《よそい》きの裃と熨斗目《のしめ》に袴なども仕立てねばならぬ」と言いだした。

「いったい、何のおはなしでござりますか」

「お城からお呼びが掛かったのじゃ。おぬし、寛永寺御参拝の折り、上様を厠でお救い申しあげたそうではないか。そのことを上様はおぼえておられてな、御目見得のうえで褒美をご下賜いただけることに相成った。いや、わしも鼻が高い。子飼いでもあるおぬしが、これほどの名誉にあずかろうとはな、天地がひっくり返ってもあり得ぬこととおもうておったぞ」

「それがしは、丸毛さまの子飼いなのですか」

「ちがうと申すか。はは、遠慮いたすな。以前から、見込みのあるやつだとおもうておったぞ」

噂によく聞く、手のひら返しであろうか。

「ともあれ、千載一遇の好機ゆえ、せいぜい、わしらのことを宣伝してこい。ついでに火盗改のお役目もそろそろ他組に譲りたい旨、御側衆の大岡さまにでも訴えてみよ。大岡さまならば、かならずや、訴えをお聞き届けくださるに相違ない」

運四郎は首を捻る。

「あの、火盗改のお役目をご辞退なさるおつもりですか」

「辞退ではない。他組に譲るのだ」

「丸毛さまは、おつづけになりたくないと仰る」

「あたりまえだ」

当然であろうと居直られても、運四郎は納得できない。

役目に誇りを持ちはじめていたし、やりかけていることを中途で投げだしたくはなかった。

憮然とした顔の丸毛にたいし、運四郎は食いさがる。

「それは、長官であられる坂巻讃岐守さまのご意向でしょうか」

「ご意向ならば、いかがする」

「組下の士気が下がります」

「おぬし、つづけたいのか。火盗改などという面倒で命懸けのお役目を嬉々としてつづけたいと申すのか」

「世のため人のため、これほど遣り甲斐のあるお役目はあるまいかと存じまする」

ぐいっと胸を張り、涙目で訴える。

「ふうむ、困ったのう。おぬしがそのようでは、お城に行かせる意味が半分無《の》うなってしまう」

どうやら、丸毛は本気らしい。

「正直なところ、殿のお気持ちはわからぬ。斟酌《しんしゃく》するに、いつも口惜しいおもいを抱いておられることは確かじゃ。あれだけ弓二に手柄を横取りされれば、いかに温厚な殿であっても、やる気をなくされてしまうにちがいない」

そもそも、何を考えているかわからず、やる気も伝わってこない。だが、内には熱いものを秘めているのではないかと期待していた。

運四郎は開きなおる。

「されば、手柄をあげればよいのでしょうか」

「せめてな。せめて、因幡小僧の頭目でも捕まえることができれば、われらも他組から一目置かれよう。ことに弓二の連中には煮え湯を呑まされつづけておるゆえな、弓二を出しぬくことができれば、わしとて本望じゃ……と言うか、おぬし、かように過酷で見返りのないお役目を本気でつづけたいのか」

「つづけたくおもいます。因幡小僧の探索については、中途で投げだすわけにはまいりませぬ」

「ほう。これはまいった。おぬしのごとき新参者は、まっさきに尻尾を巻いて逃げだすとおもうておったに」

丸毛は何やら、もぞもぞしはじめる。小便でもしたいのだろうか。

「ところで、丸毛さま」

「何じゃ」

「上様を襲った浪人ども、素姓は判明したのでござりますか」

「わからぬ。生き残った者を捕らえて責め苦を与えるものとおもうておったが、聞くところによれば、ひとりとして生きておらぬらしい」

「えっ、ひとりもでござりますか」

驚いた。浪人はかなりの数を揃えていたし、運四郎や葛城は十手を使ったので、何人かは厠のそばで気を失っていたはずだ。

「生き残った者もみな、抜刀組にその場で成敗されたのじゃ」

「抜刀組に」

「さよう、姫川とか申す頭に率いられた連中のことさ」

おかげで、襲撃の真相は闇のなかに葬られた恰好になった。

頻発する災害や諸色の高騰などによって、世の中には不平不満が溜まっている。江戸市中には藩を逐われるなどして食いつめた浪人者も数多く流れこんでおり、将軍に刃を向ける不埒な輩も出てこぬともかぎらない。

このたびの襲撃も、切羽詰まって自棄《やけ》になった連中の仕業であろうとおもわれる。

少なくとも、幕閣のお歴々はそのように断じて、この一件を片付けてしまったらしい。

「臭いますな」

「何が」

「厠の臭いではありませぬぞ。抜刀組を率いる姫川さまが臭うのでござります」

いざというとき、家重のそばから離れたようにみえる行動といい、襲撃に携わった浪人どもをすべて斬った事実といい、姫川が襲撃に関して何かを知っていたように感じられてならない。

「無論、感じただけにござりますが」

「何かのまちがいであろう。さようなこと、けっして口に出すでないぞ。抜刀組に知れたら、それこそ首が無うなってしまうわ」

丸毛はぶるっと身を震わせ、重い腰を持ちあげようとする。

「ともあれ、裃一式を揃えておくがよい」

「あの」

「何じゃ」

立ちあがった丸毛に、運四郎は問うた。

「一式の費用《ついえ》はどうなりましょう」

「さようなもの、おのれで払うに決まっておろう。何のために札差《ふださし》や質屋があるとおもうておる。この際、どんと借金をするのも、出世街道を歩む者の才覚ぞ」

たった一度御目見得を果たすことが、出世に繋がるのだろうか。

出世など望んだこともなかったが、野心のごときものが胸中にむっくり起きあがってくる。

「まんざら、ないはなしでもあるまい」

丸毛は不敵に笑い、そそくさと部屋を出ていく。

「出世か……」

家重の近習として仕える自分のすがたが、脳裏にふっと浮かんで消える。

「……母上もきっと、喜ばれような」

運四郎は少しばかりその気になりつつ、南天桐の赤い実をじっとみつめた。

五

月が換わった。

霜月朔日は芝居正月、中村座や市村座では顔見世興行が催される。

日本橋の堺町《さかいちょう》や葺屋町《ふきやちょう》といった芝居町は朝早くからたいへんな賑わいで、人々は世知《せち》辛《がら》い浮世をひとときでも忘れようとしているかのようだった。

親仁橋《おやじばし》のさきから東堀留川に沿って進み、蔵が軒を並べる新材木町に出る。

芝居町の喧噪を背にする新材木町の一角には、野州屋がでんと店を構えていた。

いまだ因幡小僧との関わりは摑めておらぬが、押しこみにあった鎌倉河岸の木曾屋とは商売上の関わりがあった。

調べたのは野々村ではなく、葛城だ。

「木曾屋はただの炭屋ではありません。高価な備長炭《びんちょうたん》を一手に扱う紀州藩の御用達でした」

「備長炭か」

運四郎でも知っている。備長炭は煙の出ない貴重な炭として、諸大名や豪商などのあいだで珍重されていた。元禄年間、紀州国田辺の備中屋《びっちゅうや》がつくりはじめたという。樫《かし》を高温で蒸し焼きにし、窯の外に出して灰を掛けて消す。そうすることで肌理《きめ》の細かい炭となり、黒炭の何倍も長く燃えるのだ。

木曾屋は先代の吉宗が紀州藩主だったころからの御用達で、徳川宗家にも冬になれば備長炭を献上していたという。

「野州屋は備長炭の材料となる紀州産の樫をわざわざ仕入れ、木曾屋にせっせと売りこんでいたようです。紀州藩の御用達を狙っていたとの噂もありますし、木曾屋に仲介の労を取らせようとしていたのかもしれませんね」

葛城は難を逃れた木曾屋の番頭を捜しだし、そのあたりの事情を聞きだしたらしい。

野州屋は阿漕《あこぎ》な手法で身代を肥《ふと》らせてきた商人なので、木曾屋も警戒して深いつきあいを避けていた。ましてや、御用達に推挙することなど、あり得なかったという。

「恨みを募らせていたのは確かです」

だからといって、因幡小僧に木曾屋を襲わせたとは考えにくい。

野州屋も商売をやっている以上、だいじな店が押しこみに遭う辛さは痛いほどわかるはずだ。

「されど、野々村さまの村正を質屋で買った塩崎勘助は、真間の弘法寺で野州屋の宴に参じた夕暮れ、因幡小僧とおぼしき連中に葬られた。やはり、野州屋と因幡小僧は繋がっているような気がしてならぬ」

運四郎の指摘にうなずきつつも、葛城は溜息を吐いた。

「小頭に聞いてみるしかありませんね」

万橋《よろずばし》を渡って小舟町まで行き、塩河岸を経て伊勢町河岸へ向かう。

道浄橋《どうじょうばし》から雲母橋《きらずばし》のさきまでが伊勢町堀で、そこから室町へ通じる小径《こみち》を浮世小路《うきよしょうじ》と呼んだ。

小路の左手前には稲荷社があり、鰹節で知られる『にんべん』も見受けられる。

母の使いで二度ほど立ちよったので、まったく知らぬ界隈ではない。

葛城が足を向けたのは、小綺麗な小料理屋だった。

暗くなれば、軒行灯《のきあんどん》に『千登勢《ちとせ》』という名が点《とも》る。

女将はきりっとして垢抜けており、どことなく儚《はかな》げな艶を纏っていた。

一度訪ねたことがあり、しノ字小平太が通うさきであることは運四郎も知っている。

女将の千登勢は「わたしのほうがひと目惚れ。何かとんでもない不幸を背負いこんだおひとにみえて。しノ字の傷に惚れたのかもしれません」と、潤んだ瞳で言っていた。

しノ字の傷についても「不幸に見舞われたご家族のことに関わっていると、誰かに聞いた」と告げた。「のっぴきならない事情とやらで、奥さまと坊ちゃんを失ってしまわれたと。それ以来、独り身を通しておられるんです」と、そんなふうに語りながら、女将は酌をしてくれたのだ。

運四郎は我に返り、葛城の背に声を掛けた。

「まだ朝だぞ。見世は仕舞っていよう」

「後朝《きぬぎぬ》の別れということばもあります」

「まさか、小頭が見世から出てくると」

「あり得ぬことではないですよ」

ふたりは『にんべん』の脇道に隠れ、小径を挟んで建つ黒板塀の見世に目を貼りつけた。

小半刻ほど佇んでいると、表戸が音もなく開き、肌の白い女将があらわれた。

丸髷にぐさりと横櫛《よこぐし》を挿《さ》し、鰹縞《かつおじま》の褞袍《どてら》を小粋に羽織っている。

後れ毛を直す仕種が色っぽく、運四郎はごくっと生唾を呑んだ。

「ふん、女好きめ」

葛城に悪態を吐かれ、顔をしかめてみせる。

すると、女将の後ろから、しノ字小平太があらわれた。

「ほうら、ここに居た」

「おみごと」

葛城と顔を見合わせ、にっこり笑いあう。

が、このさきはどうするか考えていない。

「ええい、ままよ」

葛城の背につづき、小路に躍りだした。

小平太と女将が、同時に振りむく。

「あっ、おまえさんたち」

喋りかけた女将を遮り、小平太が身を寄せてきた。

「あとでわかったことだが、吹上宿に盗人宿があるのを報せてきたのは、因幡小僧の頭目だった。うっかりやつの手に乗り、やりてえことの片棒を担がされたってわけだ」

鉛弾《なまりだま》のように飛びだすことばを、懸命に理解しようとつとめた。

葛城が急いで問う。

「片棒を担がされたとは、どういうことですか」

「やつらお得意の蜥蜴《とかげ》の尻尾切りよ。重たくなった仲間の半分に見切りをつけ、分け前を増やすという算段さ」

「なるほど、自分の手を使わず、われわれ火盗改を使って易々と目途を遂げたのか」

「悪知恵のまわる野郎さ。しかも、おれのことを知っていて、恨んでもいるらしい」

「何か、おもいあたることは」

「あれもこれも、いろいろとある。なにせ、おれを恨んでいる悪党はひとりやふたりじゃねえからな」

ここぞとばかりに、運四郎は問いをぶつけた。

「弓二に盗人宿の在処を教えたのは、野々村さまを守るためだったのですか」

「ふん、あんな木偶《でく》の坊《ぼう》はどうなってもかまわねえが、あいつのつくる握り飯と味噌汁がなくなったら困る。腹を空かした洟垂《はなた》れどもに恨まれたくもねえしな」

独特の乱暴な言いまわしには、いつも情が籠もっている。

運四郎と葛城は、顔をみあわせて微笑んだ。

「弓二に教えたほんとうの理由は何か、そいつが知りてえか」

「もちろんです」

ふたりが雀のように声を揃えると、小平太は声を出さずに笑った。

「そいつはな、内通する者を炙《あぶ》りだすためさ」

「えっ、弓二に内通する者がいるのですか」

運四郎はおもわず、同じ台詞を繰りかえす。

小平太は、ゆっくりうなずいた。

「そいつが誰かは、まだはっきりしねえ。でもな、因幡小僧と通じているやつがいることは確かだ。出役のたびにあれだけ手柄を逃しつづけたら、内通者を疑うのは常道だろう」

しかも、出役の中核を担う弓二のなかにいるはずだと、小平太は従前から目星をつけていたという。

「そいつは吹上宿の一件で証明できた。弓二の動きが筒抜けだったからこそ、因幡小僧の頭目は上手に蜥蜴の尻尾を切ることができたのさ」

「そのことを、山際さまはご存じなのですか」

「さあな。知っていても、知らぬふりを決めこむ。あいつは、そういう野郎だ」

だが、みずからの組に内通者がいるとなれば、事は重大である。かりに、それが表沙汰になれば、御先手頭の阿部式部之丞や召捕り方を統括する山際とて無事では済むまい。

それがわかっているだけに、小平太も慎重にならざる得ないのだ。

「うちのやつらは阿呆ばかりだ。酒がはいれば、あることねえこと、ぺらぺら喋りやがる。だから、黙っていた。これからも、おめえらに余計なことは喋らねえ」

運四郎には、問いたいことが山ほどあった。

まっさきに問うべきは、柏田宮内のことかもしれない。

「小頭、それがしと柏田さまを、何故、立ちあわせたのですか」

小平太はしノ字の傷を蠢《うごめ》かせ、ぎろりと睨みつけてくる。

「あいつに頼まれたからだ」

「それだけでございますか」

「あいつは莫迦なやつだ。酒に溺れ、女房にも逃げられた。おれに輪を掛けた莫迦野郎だが、ひとつだけわかっていることがある。それはな、仲間を裏切らねえってことだ。おれはそう信じている」

「されば、真間からの帰路で襲ってきた白兎は、いったい、誰だったのでございましょう」

「そんなことは自分で調べろ」

小平太はことばを荒げ、背中を向けようとする。

「お待ちくだされ」

運四郎は必死に呼びとめた。

「柏田さまから言伝がございます。『いつになったら剣を交えてくれるのか』と仰せでした」

「ふうん、あいつがそんなことを」

小平太はしばし沈黙し、ぼそっとこぼす。

「今宵、柳橋の『菊亭《きくてい》』で野州屋が宴を催す。おぬしら、幇間《たいこ》にでも化けて様子を探ってこい」

「はっ」

しノ字小平太から、はじめて指示らしきものを貰った。

そのことが信じられず、運四郎は興奮を抑えきれなくなった。

六

この日は初子《はつね》でもあるので、商家の軒には大黒天の像や福徳を祈念する二股大根などが飾られる。ことに二股大根は「福来」と呼ばれ、子を授かりたい家などでは浅草の待乳山聖天《まつちやましようでん》まで大根を納めにいくという。

町木戸の閉まる亥ノ刻が近づき、宴もたけなわとなった。

柳橋の大路に沿った『菊亭』の二階座敷では、どんちゃん騒ぎが繰りひろげられている。

運四郎は見番《けんばん》の主人に頼みこんで幇間に化け、野州屋雁右衛門主催の宴席へまんまと紛れこんだ。そこまではよかったものの、芸が無いので二股大根を持って大根踊りをやり、今は泥鰌掬《どじようすく》いをやらされていた。

一方、葛城は囃子方《はやしかた》に混じり、暢気な顔で小太鼓を叩いている。

「てれつくてんてんどこどん、何処じゃないな、泥鰌のやつは何処じゃないな、つるつる滑って川のなか、すいすい泳いで大川へ、逃すでないぞ追いかけろ、夕餉のおかずにせにゃならぬ……てれつくてんてんてん」

宴席には何と、南町奉行所の不浄役人も招かれていた。

定町廻りの浦上十郎左衛門である。

妖刀村正の件で野々村孫八に強請《ゆすり》を掛けた木っ端役人だ。

「あいつが何で呼ばれておるのだ」

おおかた、金の匂いを嗅ぎつけてきたのだろう。

藩士風の怪しげな月代侍たちも集っていた。

あるいは、商売の仲間らしき連中もいる。

みなに共通しているのは、酒好きなことだ。

真っ赤な顔で酩酊した連中を眺めていると、腹が立つやら、莫迦らしくなってくるやらで、しノ字小平太に恨み言を吐きたくなった。それでも、因幡小僧に繋がる悪事の尻尾を摑んでやろうと、運四郎は顔におしろいを塗りたくり、幇間になりきっている。

浦上が酔った勢いで叫んだ。

「火事は世直しじゃ。みんな燃えちまえば、材木屋が儲かる」

「言い得て妙なり」

すぐさま、小太りの野州屋が合いの手を入れる。

そして、かたわらに侍る芸者の口に小判を咥《くわ》えさせた。

「ほれ、餌じゃ」

三方《さんぼう》に小判を山積みにし、立ちあがって歩きながら、小判を鷲摑みにしてばらまきだす。

「手で拾ってはならぬ。わんと吠え、口に咥えよ。さすれば、その小判は吠えた者のものになる。ほれ、吠えよ」

「わん、わん、わん」

そこいらじゅうで芸者が吠え、侍たちも吠え、這いつくばって山吹色の小判を咥えていく。

運四郎は踊りをやめ、醜態に目を凝《こ》らした。

化粧を落とせば、牙を剝いた山狗《やまいぬ》のような顔にちがいない。

葛城はやけくそになって、小太鼓を叩きつづけている。

「ほれ、吠えよ」

「わん、わん、わん」

野州屋は成りあがりの材木商だけに、役人などは金轡《かなぐつわ》を嚙ませればどうにでもなるとおもっている。

浦上たちはそれが毒酒と知りながらも、野州屋の注ぐ酒を美味そうに呑みつづけた。

「これも身過ぎ世過ぎのため」

由良や熊沢ならば、木っ端役人と同じ台詞を口にするかもしれぬ。

だが、運四郎にはできない。

あまりにも、浅ましすぎる。

侍の沽券《こけん》や矜持など、浦上たちにとってはどうでもよいことなのだろう。

乱痴《らんち》気騒《きさわ》ぎも終わったところへ、新たな客があらわれた。

「うっ」

運四郎はおもわず、声を漏らしてしまう。

やってきたのは、姫川平之丞にほかならなかった。

紀州家の出身者で固めた「抜刀組」を率いている。

野州屋は転げおちるように出迎え、低姿勢で上座に導いた。

浦上を除く侍たちは、さきほどまでの浮かれた様子とちがい、下を向いて硬直している。

なるほど、姫川の配下たちなのだと、運四郎は合点した。

将軍が城外へ出る際に警固の役目を仰せつかる者たちが、何故、怪しい商人の宴席に招かれているのか。

運四郎が聞きたい台詞を吐いたのは、浦上であった。

「これはこれは、本日の主賓のご登場でござるな。さては、阿漕な材木商を御用達に取りたてる密談でござるか」

酒量がすぎているせいか、言葉つきがぞんざいになっている。

「ぬふっ、それがしも密談にくわえてくだされ」

浦上は膝で躙りより、芸者から銚子を奪いとる。

姫川の盃に注ごうとして、酒をこぼした。

「無礼者」

刹那、白刃が閃いた。

姫川が片膝立ちになり、脇差を抜いたのだ。

「ひぇっ」

刀の切っ先が、浦上の鼻の下に引っかかっている。

動いたせいで薄皮が切れたのか、鮮血がつっと流れた。

芸者たちは声を失っている。

「不浄役人め、図に乗るでない」

姫川は怒鳴った。

「へへえ」

浦上は平伏し、下座のほうへ逃げていく。

すぐさま、野州屋が陽気に言いはなった。

「ささ、呑みなおしとまいりましょう」

注がれた酒を、姫川はすっとひと口で呷る。

「おほっ、さすが紀州家きっての強者、見事な呑みっぷりにござります」

囃子方が三味線を爪弾き、芸者たちが艶やかに舞いはじめた。

お払い箱になった運四郎と葛城は、戸口で小さくなっている。

気づかれぬとはおもうが、姫川は一度顔を合わせた相手だ。

俯《うつむ》きつづけるのも辛くなったので、ふたりは隙をみて部屋から逃げだした。
茶屋から外へ出ると、夜風が身に沁みる。
「凩《こがらし》でも吹きそうだな」
葛城が白い息を吐きだした。
「何が何だか、わからなくなりましたね」
しノ字小平太は、姫川平之丞が主賓であることを知っていたのだろうか。
将軍の警固役ともあろう者が阿漕な商人に取りこまれ、毒水を啜っている。
火盗改の役人として、何処まで糾弾したらよいのかもわからない。
いずれにしろ、姫川は敵にまわせば手強い相手となろう。
抜きの早さと刀の扱いをみれば、手練であることはあきらかだ。
ふたりは厳しい顔つきになり、襟をぎゅっと寄せて歩きはじめた。

七

十日初酉《はつとり》、運四郎はお召しに応じて千代田城へおもむいた。
将軍が公務から解放される午後のことだ。
蒼穹《そうきゅう》を仰げば、霜月であることを忘れそうになった。
熨斗目《のしめ》のついた銀鼠《ぎんねず》の着物に、江戸紫の肩衣《かたぎぬ》と半袴《はんばかま》を着けている。

すべて母が揃えてくれた。

野々村孫八の内儀に頼み、金貸しを紹介してもらったらしい。

「晴れの場にございます。父もきっとお喜びになりましょう」

涙ぐむ母のすがたに貰い泣きしそうになったが、同心長屋から送りだしてくれた由良や熊沢には「ちと派手ではないか」と、からかわれた。

役宅では組頭の坂巻讃岐守が、いつもとはちがう扮装《いでたち》で待ちかまえていた。

先手組の同心は御家人の抱席《かかえせき》ゆえ、将軍との御目見得は許されない。そこで単独の登城は遠慮し、坂巻の中小姓として参じることに決めた。あくまでも御目見得をするのは坂巻であり、運四郎は後ろに控えるかたちになる。

「困ったのう」

坂巻は茹で卵のような顔を赤らめた。

いろいろ悩んだあげく、菖蒲《しょうぶ》色の布衣《ほい》を纏っている。侍烏帽子もつけていた。通常の御目見得なら肩衣半袴でよく、本来は旗本が大礼や元旦にする正装だが、坂巻自身にとっても生涯一の晴れ舞台となるやもしれぬゆえ、場違いとも言うべき決断をしてしまったようだ。

「布衣を笑う者はおるかもしれぬが、咎める者はおるまい」

迷ったときは上の位を選べというのが、どうやら、坂巻家の家訓らしい。

鼻の下に泥鰌髭を生やし、長い胴を布ですっぽり包んだ風体は、落ちぶれた公家のようでもある。

——潮を吹かぬ鯨
という綽名をおもいだし、運四郎は笑いを怺《こら》えながら背にしたがった。

坂巻家の家禄は四百石だが、足高によって一千百石の役料が加算されている。旗本の出世頭は徒頭から目付に昇進するが、もちろん、先手組の頭に抜擢される者もかぎられており、従者の運四郎が引け目を感じることはない。

それでも、千代田城に出仕する機会は稀にもないので、壮大な城の石垣や御殿群を眺めると、足が震えるほど萎縮してしまった。

「わしもじゃ、ほれ」

坂巻は震える手を差しだしてみせる。

槍持ちを買ってでた小倉又一のほうが、よほど堂々としてみえた。

後ろにつづく挟み箱持ちなどはみな、人宿《ひとやど》を介して雇った者たちだ。

体裁を整えるだけの行列なので、勝手をよく知った者たちのほうがよい。

それは丸毛の判断である。

丸毛自身は風邪をひいたと嘘を吐き、従いてこなかった。

いざというときに胆が縮む小心者なのかもしれない。

こぢんまりとした行列は桜田濠に沿って外桜田へ向かい、左手に西ノ丸の御殿群や石垣、右手に大名屋敷の海鼠塀を眺めながら西御丸下を進んだ。

いざ、城中へ。

道中は緊張しながら、白書院や黒書院や松ノ廊下や大広間などを勝手に思い浮かべていたが、坂巻によれば城中へ入城することはないという。

目付からの指示は「八つ刻（午後二時）に坂下渡り門を訪ねよ」というものだった。

何やら、肩すかしを食った気分になる。

坂下渡り門は蓮池巽櫓《たつみやぐら》を正面にのぞむ蛤濠《はまぐりぼり》の手前、どんつきの左寄りにあった。

西ノ丸大奥への入口にもあたり、厳めしげな門番たちが立っている。

ここから、供人は運四郎ひとりになった。

「ご武運を祈っております」

槍一筋の小倉が場違いな台詞を吐く。

布衣の坂巻は門番たちにじろじろみられ、半笑いになる輩まであった。

「無礼者め」

運四郎は眸子を剝き、おもいきり威嚇してやる。

門を潜ると左手に西ノ丸の裏門があり、右手には蓮池濠が広がっていた。

水面は蒼穹を映し、碧色に輝いている。

石垣の高さに圧倒されていると、案内役の小姓がやってきた。

「こちらへ」

うやうやしく招じられ、左手の門を通りぬける。

「おっ」

手入れの行き届いた杜が出迎えてくれた。

紅葉山である。

紅葉は終わりかけていたが、枯れ侘《わ》びた風情もまたよい。

紅葉山には歴代将軍の御霊を弔う廟が築かれ、高台へつづく回廊を上っていくと、途中に四阿《あずまや》がある。四阿からまっすぐ回廊を進めば、深奥に東照大権現家康公の廟が築かれており、右手に下れば御書物蔵や御具足蔵が並んでいた。

将軍家重は四阿で休んでいるという。

好天の八つ刻は、外の風にあたりながら茶を呑む習慣らしい。

先導役の小姓は、黙々と歩きつづけた。

気持ちも足取りも浮《うわ》つき、まるで雲の回廊を歩いている気分だ。

勾配はかなりきつく、肥えた坂巻は肩で息をしはじめた。

後ろから尻を押してやると、ここぞとばかりに全身の重みを掛けてくる。

つっかえ棒ではござりませぬぞと、胸の裡で文句を言いつづけた。

「上様はあちらにおわします」

小姓が声をひそめる。

四阿のなかに、家重らしき人影が座っていた。

大岡忠光がそばに付き添い、小姓数名が侍っている。

ほかにも重臣らしき者がふたり、家重の座る床几の脇に端然と控えていた。心ノ臓が飛びださんばかりになる。

坂巻は額に滲んだ汗を袖で拭った。

四阿の手前で跪くと、重臣のひとりが声を掛けてきた。

「坂巻讃岐守か」

「はっ」

「わしの顔を存じておろう」

重臣は眼光鋭く、皺のめだつ顔を向けてくる。

坂巻は度胸が据わったのか、淀みなく応じていた。

「若年寄の板倉佐渡守《いたくらさどのかみ》さまであらせられます」

「そうじゃ」

板倉佐渡守勝清《かつきよ》は十六年前から今の地位にあり、幕政に睨みを利かせている。老中首座の堀田相模守正亮《ほったさがみのかみまさすけ》をも凌ぐ実力者と評され、目付や番方や先手組などを幅広く統括していた。

坂巻にとっても、ことばを交わす機会もないほど偉い相手だ。

「ここに控えるは、筆頭目付の白鳥図書《しらとりずしょ》じゃ。白鳥は存じておるな」

「はっ」

「おぬしと目付の地位を争ったことがあると聞き、白鳥を連れてまいったのじゃ。おぬし、御先手組の頭となって火盗改の増役を担っておるようじゃのう。それゆえ、寛永寺御参拝の折は、上様をお守りする防《ふせぎ》の一端を担うこととなった。さらに、不測の事態で臨機応変のはたらきをしてみせ、上様をお救い申しあげたと聞いたが、さような経過でよいか」

「恐れながら、佐渡守さまが仰せになったことはすべて、配下の手柄によるものにござります」

「おぬしの手柄ではないと申すか」

「何せ、それがしは修羅場におりませんでした」

「何と、御先手頭が防の場におらなんだと申すか。何故じゃ、理由の如何では罪に問うやもしれぬぞ」

「今から六年前、それがしは徒頭として上様ご主催の鷹狩りに随行いたしました。その折り、上様ご愛鷹の三郎丸《さぶろうまる》さまを斬りおとしてしまったのでござります。爾来、不吉なことゆえ、防には参じずと、心に固く定めておりました」

家重が何やら、大岡忠光に囁いている。

忠光は咳払いをし、静かな口調で喋りはじめた。

「上様はおぼえておいでです。それがしも、昨日のことのようにおぼえておりまする。三郎丸さまは突如として暴れ、鋭い爪を上様に向けてまいりました。そこへ、徒頭の者が飛びこんでまいり、三郎丸さまを一刀のもとに斬りおとしたのでござります。それがしは、徒頭の鮮やかな手並みに驚嘆いたしました。まさか、そこな坂巻があのときの剛の者であったとは、言われるまで気づきませなんだ。さ、どうぞ、おはなしをおつづけくだされ」

　板倉は促され、ぽりぽり月代を掻いた。

　みかねた白鳥が、はなしを引きとる。

「それがしも鷹狩りに随行しており、その一件は鮮明におぼえておりまする。坂巻どのは本来ならば目付に昇進すべき逸材であられたが、三郎丸さまを斬ったことを悔い、みずから謹慎なされ、ようやく戹が明けてのちは御先手組に転じなされた。火中の栗を拾うがごとく、過酷な火盗改のお役目まで引きうけなされた。かように、それがしは推察しておりまする」

「さように立派なはなしではございませぬ」

　坂巻は笑みすら浮かべ、威風堂々とこたえた。

「三郎丸さまを斬りおとした以上、謹慎は当然のことにござります。御先手組に引きあげていただいた幸運に感謝いたしつつも、火盗改の増役を担うことに関しては、いささか荷が重いと感じておりまする」

　運四郎は後ろで、はらはらしながら聞いていた。

　何もそこまで言わずともよいのにと、内心ではおもっている。

「ふん、馬鹿正直な男よ」

板倉が吐きすてた。

「火盗改の荷が重いと申すなら、役替えを申し出るがよかろう」

「されば、今取りかかっている一件が解決したあかつきには、是非ともお願い申しあげます」

平伏《ひれふ》す坂巻の背中を、運四郎は惚けた顔でみつめるしかない。

「ときに、今取りかかっておる一件とは何じゃ」

板倉の問いに、坂巻はここぞとばかりに応じた。

「因幡小僧と申す凶賊の探索にござります」

「因幡小僧とな」

「はっ、ただいま、とある材木商を調べております。そこを突破口に、悪党どもを芋蔓《いもづる》も同然に捕らえようかと、さように狙いを定めておるところでござりまする」

驚いた。何も知らぬとおもっていた坂巻が、運四郎たちのやっていることを家重や重臣たちの面前で喋っている。おそらく、しノ字から秘かに報告を受けているのだろう。そうとしかおもえない。

ひょっとしたら、火盗改の役目を辞したいと言ったのも、因幡小僧の一件を認知させるための方便だったのではなかろうか。間抜けにみえて、じつはできる男なのかもしれない。

運四郎はどきどきしながら、板倉と坂巻のやりとりに耳をかたむけつづけた。

——きゅるきゅる、きゅるきゅる。

杜の奥で啼いているのは、椋鳥《むくどり》であろうか。

霜月になると、信州や越後から出稼ぎ人が挙《こぞ》ってやってくる。これを江戸の町人は群れをなす椋鳥に喩えるが、椋鳥たちは飯炊きや米搗きや木戸番といった誰もが嫌がる仕事に就き、江戸の厳しい冬を支えるたいせつな働き手となった。

師走になれば紅葉山は白一色に変わり、丹頂鶴が飛来することもあるという。

忠光を介してではあるが、そうしたはなしを楽しげにする家重が好もしいと感じた。

御目見得も終わりに近づいたとき、家重が床几から立ちあがり、こちらへとことこ近づいてきた。

潰れ蛙のように平伏す運四郎に向かって、直にことばを発したのだ。

「励《はげ》め」

短い台詞が胸に響いた。

さらに、家重はみずからの纏う絹の着物を脱ぎ、手ずから渡してくれた。

錦繍の豪華な帯には、厠で献上した三つ鉤十手を差している。

よほど気に入ったのであろう。

忠光が顔を寄せ、親しげに微笑んでみせる。

「負ぶってくれた褒美じゃ、ありがたく頂戴せよ」

まことに、夢をみているのではあるまいか。

家重や重臣たちが四阿を去っても、運四郎はしばらくのあいだ、立ちあがることもできなかった。

八

四阿では坂巻の本気を垣間見た気になった。

ところが、役宅へ戻ってみると、布衣を脱いで寛ぐ坂巻が別人にみえた。

まさに、潮を吹かぬ鯨である。

六年前に家重の愛鷹を斬った件も、ご参拝の防に参じなかった言い訳だったのではと勘ぐってしまう。

因幡小僧の探索を徹底せよとか、そうした指示らしきものもなかった。

まったく、雲のようにとらえどころのない長官だ。

あいかわらず、しノ字小平太は役宅にあらわれず、召捕り方の面々は惚けたように過ごしている。

どう贔屓目《ひいきめ》にみても、葛城以外は役目に奔走しているとはおもえない。

一方、同心長屋に戻って母に服をみせると、飛びあがらんばかりに喜んでくれた。

曇り空のもと、久方ぶりに甲州街道をたどり、角筈村の長福寺へも足を延ばした。

御目見得の経緯を告げると、母の実弟である如幻和尚も大喜びしてくれた。

如幻は新発田藩溝口家に仕える重臣の家に生まれたものの、元服も済ませぬうちに旗本の末期養子《まつご》に出された。ところが、養子先の旗本が事情あって改易となり、剃髪して禅寺の僧になったのだ。

徳の高さが評判となり、座禅を組みにくる者が後を絶たない。侍も大勢おり、なかには万石大名や大身旗本もいるという。そうした修行者の伝手から、運四郎は坂巻家に仕官できた。

如幻には、どれほど感謝しても足りないほどだ。

何せ、将軍家重に御目見得し、服まで頂戴したのである。

「わしが言うたとおりになったのう。日々淡々と歩きつづけよ。歩けば道ができ、やがて光もみえてくる。歩歩是道場《ほほこれどうじょう》じゃ」

「いかにも、叔父上の慧眼《けいがん》には恐れいるほかござりませぬ」

「今はよい。肝心なのは悩みの深いときじゃ。そうしたときは」

「只管打坐、にござりますね」

「さよう。ただ座禅を組むべし、これに尽きる」

如幻が「道場」と呼ぶ伽藍の端で、運四郎は寒風に頰を晒しながら座禅を組んだ。

火盗改という役目は厳しい。刀を使って人を斬らねばならぬこともある。

和尚によれば、人の本性は悪だという。時として人は本性を剝きだしにしてぶつかり合い、相手を完膚無きまでに叩きつぶそうとする。悪の奔流を堰きとめるのは巌のごとき良心にほかならず、良心を心のまんなかに保つには厳しい修行を積まねばならぬ。

　──只管打坐。

　そのことばを胸に繰りかえし、運四郎は瞑目しつづける。

　考えてみれば、いまだ何ひとつ成し遂げてはいない。

　因幡小僧をどうにかせぬかぎり、母や叔父の期待にこたえたことにはならぬのだ。

　夕暮れ、麻布我善坊谷の同心長屋へ戻ってみると、葛城が険しい顔でやってきた。

「運四郎どの、因幡小僧の狙うさきが判明しました」

「へっ」

　唐突すぎて、面食らってしまう。

「お急ぎください。今宵ですぞ」

　押っ取り刀で家を飛びだし、葛城の背につづく。

「赤坂御門外の材木商です」

　それなら、さほど離れてはいない。

　葛城に追いつき、矢継ぎ早に問うた。

「いったい、何処からの情報だ」

「弓二です。与力の山際さまから、筒二十四にも出役の要請がござりました」

「小頭はご存じなのか」

「はい、千登勢の女将に言伝しておいたところ、めずらしく重い腰をあげられました」

しノ字小平太が来るということは、脈があるとみてよい。

それにしても、山際はどうやって情報を得たのであろうか。

「おそらく、町方ではないかと」

「浦上十郎左衛門か」

「あくまでも、臆測ですが」

浦上は野州屋と繋がっていた。野州屋は紀州家の御用達を狙っており、同家の家臣でもある姫川平之丞とその配下を宴席に招いている。

「因幡小僧が狙う材木商は『勢《せ》ノ國屋《くにや》』と申します。紀州家の御用達だそうですよ」

「まことか」

阿漕な商人と凶賊との関わりが、透けてみえるかのようだった。

勢ノ國屋が立ちなおれぬほどの害を受ければ、商売敵の野州屋にとっては好都合なはなしとなろう。

されど、決めつけすぎてはいけない。

葛城の言うとおり、すべて臆測の域を出ないのだ。

勢ノ國屋は赤坂御門を背にして正面左寄り、赤坂表伝馬町の一角にある。

赤坂田町とのあいだに延びる大路を進めば、豊川稲荷を抱える寺社奉行大岡越前守の御屋敷があり、急勾配の牛鳴坂《うしなきざか》を上ったさきには十三万坪におよぶ紀州家の拝領地が広がっていた。

火盗改の捕り方は、道を挟んで田町寄りに立つ油問屋の二階に陣取っている。勢ノ國屋の表口を眼下におさめる好位置だ。

捕り方の数は二十ほど、さらに同数で勢ノ國屋の裏手を固めていた。

ほとんどは弓二の召捕り方だが、筒二十四の面々も見受けられる。

由良鎌之介に熊沢玄蕃、小倉又一にくわえて「まごさん」こと野々村孫八も助っ人に出向いてきた。

誰よりも際だっているのは、しノ字小平太である。

弓二の与力同心たちも、小平太にだけは近づこうとしない。

唯一、捕り方を統率する山際源兵衛だけが、小平太と膝つき合わせて段取りの相談などをしていた。

運四郎はそっと衝立《ついたて》に近づき、ひそひそ話に聞き耳を立てる。

与力と同心のはずが、同格のふたりがはなしあっているかのようだ。

小平太と山際は弓二において、同格の与力であったと聞いたことがある。

やはり、噂は真実だったのかもしれない。

「女と子どもは退避させた。ただし、怪しまれぬように、主人夫婦と男の主立った奉公人だけは残した」

山際の囁き声が衝立を挟んで、わずかに漏れ聞こえてくる。

「万がいちのために、組下同心で腕の立つ者をふたり潜ませておいた。何かあれば、山狗か梟《ふくろう》の声で合図があるはずだ」

「ふむ、わかった。山際よ、ひとつ教えてくれ。今宵の出役を誰かに漏らしたか」

小平太の問いに、山際は黙った。

そして、観念したように喋りだす。

「じつは、頭の阿部さまもご存じない。おぬしの指摘どおり、内通者を警戒してのことだ」

「今宵のことは誰から情報を得た」

「それは言えぬ」

「言わずともよい。予想はつく。南町奉行所の腐れ同心であろう」

やはり、葛城の指摘したとおりだ。

浦上十郎左衛門の馬面が脳裏に浮かぶ。

「山際よ、見返りに何をしてやるつもりだ」

「たいしたことではない。こっちで捕らえた悪党を秘かにまわしてやるのだ」

「不浄役人に手柄を立てさせてやるわけか」

「詮方あるまい。町方のほうが江戸の裏事情には詳しいからな」

「おぬしが手を抜いておるからだ。ふん、まあよい。失敗《しくじ》ったら、腐れ同心から秘密が漏れたと考えるしかなさそうだな」

「失敗らぬさ」

ふたりのはなしは途切れ、運四郎は衝立から離れた。
息の詰まるような時が過ぎ、往来に人影はなくなった。
――ごおん。
すぐそばにある成満寺の時の鐘が、亥ノ刻の捨て鐘を打ちはじめる。
やがて、鐘の音が消えた。
静かだ。
耳を澄ませても、山狗や梟の鳴き声は聞こえてこない。
「静かすぎるな」
しノ字小平太は漏らし、重い腰をあげた。
「もう少し待て」
山際の制止も聞かず、小平太は油問屋の勝手口から外へ出る。
運四郎たち筒二十四の面々もつづいた。
「小頭、どうなさりますか」
由良が問うても、小平太は返事をしない。
闇に紛れて往来を横切り、勢ノ國屋の表口に身を寄せる。
運四郎たち五人も、身を屈めてつづいた。
横一列になって塀に張りつくすがたは、まるで、盗人のようだ。
後ろを振りむけば、弓二の連中が物陰で固唾を呑んでいる。

陣笠をかぶった山際は、身振り手振りで戻ってこいと合図を送ってきた。
小平太はそちらに目もくれず、表戸に耳をくっつける。
つぎの瞬間、えいとばかりに戸を蹴破った。
「あっ」
四方から驚きの声が漏れる。
敷居の内へ突入するや、血腥い臭いに鼻をつかれた。
由良が急いで呼子を吹き鳴らす。
――ぴい、ぴい、ぴい。
火盗改の捕り方どもが、雪崩を打って飛びこんできた。
が、すでに、押しこみは終わったあとだ。
盗人どもは消え、惨状だけが広がっている。
主人夫婦も奉公人たちも、そして山際の配下ふたりも、みな、寝所で死んでいた。
縛られたうえに猿轡を嵌められ、ひとりずつ刃で串刺しにされたらしかった。
「ひでえまねをしやがる」
さすがの小平太も、顔をしかめるしかない。
遅れて乗りこんできた山際は惨状を目にし、獣のように唸った。
組下の同心たちが仲間の名を呼び、動かぬ屍骸の肩を揺さぶっている。
葛城は指で掬った血の固まり具合から推して、押しこみは半刻余りまえにおこなわれたようだと囁いた。

　血濡れた床の間には、銀流しの十手と炭がひとつ置いてある。

「どういうことでしょうか」

　運四郎が首を捻ると、小平太はしノ字の傷を蠢かした。

「判《はん》じ物《もの》だ」

「判じ物」

「十手と炭で御用済みってことさ。ふざけやがって、おれたち火盗改をおちょくっていやがる」

　そこへ、弓二同心の紅林兵庫が紙を携えてくる。

「山際さま、これを」

　差しだしたのは、小平太の下手くそな人相書きが描かれた紙だった。

「因幡小僧にまちがいありませぬな」

「くそっ」

　山際は悪態を吐き、乱暴に奪った紙を小平太の胸に押しつける。

「こいつを、どう説明する」

　小平太は黙って睨みつけるしかない。

　山際が怒りをぶつけたいのもわかる。

　子飼いの配下ふたりを失ったのだ。

小平太と山際のあいだに、刀を抜かんばかりの緊張が走った。

そこへまた、誰かの声が掛かる。

「小頭、裏手に古井戸がございました」

小倉であった。

顔が土で汚れている。

古井戸の底に降り、調べてきたのだろう。

「空井戸です。底に横穴がありました」

表口のほうから、顔を真っ黒に汚した由良が駆けこんでくる。

「小頭、空井戸の横穴は濠端の玉川稲荷に通じておりました」

目と鼻の先だった。

盗人どもは横穴を自在に行き来し、捕り方に勘づかれることなく盗みをやり遂げたのだ。

山際も古井戸には気づいていた。

配下に調べさせたときは、横穴はなかったという。

底に横穴があることは、主人も奉公人たちも知らなかった。

あらかじめ盗人どもが忍びこんで穴を穿ち、巧みに隠していたのだ。

「用意周到なやつらだ」

いずれにしろ、火盗改の動きを詳細に知る者でなければ、こうした綱渡りの芸当はできまい。

いったい、誰が内通者なのか。

火盗改の捕り方はみな、疑心暗鬼になっている。

運四郎の耳には、悪党どもの高笑いが聞こえてくるかのようだった。

吹き屋の頭《かしら》

一

由良鎌之介が泣いている。

うわばみと綽名される大酒呑みが、人目も憚らずに泣きじゃくっているのだ。

鉛色の川面には無数の杭が突きだしており、杭のひとつに引っかかった男女の屍骸が川岸に引きあげられていた。

老いた男は治兵衛《じへえ》、若い女の素姓はわからない。

治兵衛は由良が馴染みにしていた居酒屋の親爺だった。運四郎もよく知っている。由良につきあって、古女房のおらくとふたりで営んでいる霊岸島《れいがんじま》の見世に何度か行ったことがあった。

——本所の百本杭に治兵衛が浮かんだ。

朝未《あさまだ》き、同心長屋に駆けこんできたのは、隼の弥一であった。

運四郎は夜具を撥ねのけ、深酒して寝ていた由良を叩き起こした。取るものも取りあえず、ふたりで必死に駆けてきたのだ。

「情死だって噂ですよ」

弥一は言った。

すぐそばの川下には、両国橋がみえる。

冬至も近いせいか、雪でも落ちてきそうな寒々とした景色だ。

治兵衛は変わりはてたすがたになり、筵のうえに仰向けで寝かされている。

一本気の頑固親爺が見知らぬ女と片手片足を縛った恰好でみつかるとは、いったい誰が想像できよう。

「こいつは相対死《あいたいじ》にだな」

あっさり言いはなったのは、馬面の廻り方同心である。

「あっ」

顔をみるなり、運四郎は怒りをおぼえた。

南町奉行所の定町廻り、浦上十郎左衛門にほかならない。

因幡小僧の件で怪しい動きをしていることは、由良にもわかっている。

「ふん、年甲斐もなく色気づきやがって」

浦上の皮肉っぽい言いまわしに、由良は過敏に反応した。

大股でずんずん近づき、不浄役人の襟首を両手で摑む。

「おぬし、ほとけを愚弄するのか」

怒鳴りながらも、由良はこちらに目配せをしてきた。

運四郎は意図を察し、筵に寝かされた屍骸へ近づく。

「……く、苦しい。手を放せ」

「いいや、勘弁ならぬ」

由良は力任せに襟首を絞めあげ、ぱっと手を放した。

浦上は尻餅をつき、首を擦《さす》りながら起きあがってくる。

「お上に楯突いたな、許さねえぞ」

「許さねえなら、どうする」

「縛りつけて痛めつけ、とどのつまりは、こうしてやる」

浦上は懐中から紙と筆を取りだし、さらさら何かを描いてみせる。

「何だそれは」

「針と漬け物、判じ物だ。わかるか」

「わからぬわ」

「ふふ、磔《はりつけ》だよ」

「くだらぬ」

判じ物と聞いて、運四郎は『勢ノ國屋』でみつけた十手と炭をおもいだした。

由良は怒声を発する。

「たかが町方風情に、そんなことができるのか。こっちは幕臣だぞ」

浦上は怯《ひる》まず、由良をぐっと睨みつけた。

「その顔、何処かでみたことがあるな。ひょっとして、火盗改の同心か」

「ご名答。筒二十四の由良鎌之介だ」

「筒二十四と言やあ、がらくたどもの掃きだめじゃねえか。ふん、何でおめえがここにいる」

「知りあいなのさ、ほとけのな。三日に一度は新川河岸の見世に通っていた。嬶《かか》ぁのつくった塩辛で一杯飲《や》るのが楽しみでな。見世は繁盛していたし、ふたりはどっちかが倒れるまで商売をつづけると言っていた。治兵衛が女にうつつを抜かし、情死なんぞするはずはない」

「客の与《あずか》りしらねえ事情ってもんがあったのさ。知りあいだろうが何だろうが、火盗改の出る幕じゃねえ。すっこんでな」

さざ波立つ川面から、つがいの水鳥が飛びたった。

由良は溜息を吐き、どうにか冷静さを取りもどす。

「おぬし、ほとけをきちんと調べたのか」

「ああ、調べたさ、隅から隅までな。おれは南町奉行所のなかでも、とびきり細けえことで知られている。手順がひとつでもちがえば、すぐにわかっちまうのさ。だから、みんなおれを頼って、あれこれ聞いてくる」

「こいつは紛うことなき相対死にだ。この道云《うん》十年のおれさまが言うんだから、まちがいねえ」

浦上はあくまでも、入水《じゅすい》による情死で片付けようとする。

その態度がかえって怪しいと、由良は踏んでいた。

運四郎も首をかしげるしかない。

第八代将軍吉宗公は世情を騒がす情死を忌み嫌い、近松物の人形浄瑠璃などで使われる「心中《しんじゅう》」ということばの使用を禁じて「相対死に」と呼ばせたり、死にきれなかった者は厳罰に処する旨の触れを出した。

治兵衛は吉宗公を崇敬していたし、日頃から情死は地獄行きだと言っていただけに、どうしても真相を疑いたくなる。

土手のうえに、屍骸を運ぶ大八車が到着した。

「ふん、やっと来やがった」

浦上は小者たちに命じ、ほとけを一体ずつ筵に包ませる。

「さあ、退いてくれ。いつまでも、晒しとくわけにゃいかねえからな」

冷たい雨がぱらつきはじめるなか、浦上の先導する大八車は去っていった。

由良と運四郎は両手を合わせ、逝ってしまった治兵衛に祈りを捧げる。

「何かわかったか」

「それで」

ぼそっと尋ねられ、運四郎はうなずいた。

由良と浦上が揉みあっているあいだに、あらかた検屍は済ませている。

「刃物の痕も、首を絞めた痕も、どちらもありませんでした」

一見すると、入水による溺死であった。

しかし、傷跡がひとつもないところが、入水でないことを証明していた。

運四郎が注目したのは、離れぬように縛ってあった手足の結び目である。

「手拭いで結ばれておりました」

容易には解けぬほどの固い結び目にもかかわらず、手拭いをずらしてみると、鬱血の痣が見受けられなかった。

由良は目を細める。

「つまり、ふたりは死んだあとに縛られた」

「はい。少なくとも、自分たちで川に飛びおりたりはしていませんね」

誰かに溺死させられたあとで縛られ、大川に放られたのだ。

情死にみせかけようとしたのかもしれない。

いったい、何のために。

それを調べるのは町奉行所の役目だが、浦上にやる気はまったく感じられない。

「それと、もうひとつ」

運四郎は女の顔を頭に浮かべていた。

「右の目尻に、泣きぼくろがありました」

「ほう、泣きぼくろか。そいつはいい」

素姓を探る手懸かりにはなる。

だが、このままでは情死で片付けられる公算が大きい。

「おれたちで調べるしかあるまい」

「仰るとおりです」

由良と運四郎は凍てつく川岸を離れ、霊岸島の新川河岸へ向かった。

それほど遠くはない。永代橋を渡れば、酒蔵の並んだ賑やかな河岸へたどりつく。

師走をまえに上方から新酒が運ばれてくるので、河岸はいつにもまして活気づいていた。

荷下ろしの人足や船頭たちのために、居酒屋は何処も早くから見世を開けている。

だが、露地裏の一隅にある『治兵衛』だけは戸を閉めていた。

近づこうとする客もいない。

「ここまで来てはみたものの、やはり、気が引けるな」

由良はめずらしく、戸を敲くかどうか迷っていた。

無理もなかろう。

「嬶ぁの悲しみをおもうとな」

「慰めてあげたらいかがです。由良さまなら、拒まれぬとおもいますが」

「そうか。わしには自信がない」

決めかねていると、内側から音も無く戸が開いた。

嬶ぁのおらくが前垂れをつけたまま、ぽつんと立っている。

「いらっしゃいまし」

掠れた声で、そう言った。

「えっ」

由良はびっくりし、おらくをみつめる。

突如、おらくの目から涙が溢れだした。

「……だ、旦那……う、うちのひとが……」

「言うな、わかっておる」

由良は痩せた肩を両手で摑み、ぎゅっと抱き寄せた。

おらくはたまらず、由良の胸で嗚咽を漏らしはじめる。

運四郎も我慢できなくなり、戸口に立ったまま泣きつづけた。

おらくが落ちついたのは、それからしばらく経ってからのことだ。

岡っ引きに朝一番で凶報を告げられたものの、恐ろしくて百本杭まで足を運べなかったらしい。

いっしょに死んでいた若い女には、まったくおぼえがなかった。そもそも、朝から晩までいっしょにいた治兵衛に、浮気なんぞをする余裕はあろうはずもないと、おらくは言いきる。

「昨晩は何処かへ出掛けたのか」

由良の問いに、おらくはこたえた。

「うちのひと、新橋の方にある義弟《おとうと》夫婦のところへ様子伺いに行ったんです。夕餉には帰ってくるって言ったのに」

仕込みもできず、軒先の提灯を点けられなかった。盆で休んだとき以来のことだったという。

「ほんとうは、義弟のもとへ行かせたくなかったんです。何だか、夫婦は揉めていたものですから。でも、うちのひとは依怙地《いこじ》だから、一度こうと決めたら言うことを聞きません」

弟のもとへ行った理由も語らず、治兵衛はあの世へ逝った。

おらくは、目に涙を溜めて訴える。

「旦那、うちのひとは情死なんぞいたしません」

「ああ、わかっておる。常連はみんな、何かのまちがいだとおもっておるさ」

「何があったのか知りたいんです。あのひとがどうして、こんなことになっちまったのか。それがわかるまでは、死んでも死にきれません」

「早まってはならぬぞ。わしが許さぬからな。何があったかはっきりさせて、治兵衛を懇《ねん》ろに弔《とむら》ってやらねばならぬ。それが遺された者の役目だ。わかるな」

おらくにではなく、由良は自分自身に語りかけているかのようだった。

運四郎は真実をあきらかにする誓いを立て、新川河岸の露地裏をあとにした。

二

徳三郎《とくさぶろう》という治兵衛の弟は、三十間堀沿いにある長屋に住んでいる。

ひとまわり近くも年の離れた弟は、銀貨を鋳造する常是役所《じょうぜやくしょ》の手代だった。

「算勘の得意な自慢の弟だと、治兵衛さんからは聞いておりましたけど」

酒を嘗めながら語るのは、長屋の大家である。

昨夜はすがたをみていないが、以前、治兵衛から懇ろに挨拶されたことがあったらしい。

「昆布の佃煮をいただいたのですよ。治兵衛さんはよくできたおひとで、弟のことをくれぐれもよろしく頼むと、三和土《たたき》に届いてしまうほど頭を下げられました」

由良は治兵衛が亡くなったことを大家に告げ、故人を偲んで上等な酒でも呑もうと持ちかけた。弥一によれば由良は「人誑《ひとたら》し」の異名を持つらしく、相手を適当に持ちあげて根掘り葉掘り聞きだす手管は見事なものだ。

大家も言ったとおり、よほどの才覚と信用がなければ、常是役所の手代には採用されない。治兵衛は徳三郎のために身を犠牲にして大金を用立て、侍の子弟が通う学問所にも通わせてやったらしかった。

手代になってからは真面目一本で懸命に奉公し、上の連中からも重宝がられていたという。ところが、半年ほどまえ、おそのという茶屋奉公の下女と所帯を持ってから、どうにも雲行きが怪しくなった。

大家は声をひそめる。

「こう言ってはなんだが、おそのってのは身持ちのよくない女でしてね、亭主に表店《おもてだな》を借りさせて雑貨屋を営んでおるのですが、亭主の留守に若い男を引っ張りこんでは乳繰《ちちく》り合っているようで」

近所の連中も眉をひそめるほどゆえ、徳三郎も知らぬはずはないのだが、今のところは黙認しているらしかった。

「惚れた弱みと言うのでしょうか。女房が原因《もと》かどうかはわかりませんけど、近頃は外で夜更けまで酒を呑んでくることもありますし、鉄火場で見掛けたなんてはなしも聞きます。ともかく、以前とは顔つきまで変わってしまいましてね。治兵衛さんも案じておられたにちがいない。だからきっと、不貞の女房と別れさせるために、説得しに来られたにきまっている。それにしても、あの治兵衛さんが情死だなんて、とても考えられませんよ」

由良と運四郎は喋り好きな大家に礼を言い、さっそく、川沿いに張りついた長屋のほうへ向かった。

汐留《しおどめ》川と三十間堀に囲まれた界隈は、荷船の出入りが激しい。

日も暮れかけているというのに、徳三郎はまだ帰っていなかった。

「詮方あるまい。表店にまわってみるか」

「はあ」

大家の言ったように、治兵衛が女房と別れさせるべく弟に会うとすれば、長屋ではなしに銀座の常是役所へ向かったような気もする。

「それなら、隣近所にもみつからずにすむしな」

と、由良は言った。

物陰から表店を窺うと、ぼんやり点った灯りのなかに、白い顔の窶《やつ》れた女がぽつんと座っている。

「あれが、おそのか」

ちょうどそこへ、遊び人風の若い男が訪ねてきた。

おそのは流し目を送り、黙って顎をしゃくってみせる。

男はうなずき家に入って狭い階段を上り、おそのがすぐに追いかけた。

「ありゃ、どうみてもできておるな」

由良の台詞に、運四郎は顔をしかめる。

小半刻ほどすると、男と女が階下へ下りてきた。

おそのは乱れた髪を直しながら、銭を手渡している。

にちがいない。

若い男はひもなのだ。亭主の留守にやってきては、女房と密通を繰りかえしているの

「旦那が訴えれば、ふたりは罪に問われよう。徳三郎がそうせぬのは、自分にも探られたくない腹があるからだな」

ふたりは物陰を離れ、長屋の木戸を潜りぬけた。

徳三郎の部屋には、灯りが点っている。

「帰ってきたらしい」

由良の背につづき、さっそく訪ねてみた。

「ごめん、邪魔をするぞ」

なかば開いた戸を勢いよく開ける。

侍ふたりで敷居をまたぐや、徳三郎は狼狽《うろた》えた。

しかも、火盗改の役人と知り、顔を蒼白にする。

由良は笑った。

「なあに、役目で参ったわけではない。わしらは『治兵衛』の常連でな、兄の不幸は存じておろう」

「……は、はい、町奉行所のお役人さまから伺いました。まさか、兄が情死するとは……まったく、寝耳に水とはこのことで」

「昨夜、おぬしのもとを訪ねたらしいな」

「えっ、誰がそんな」

「女房のおらくさ」

「それは何かのまちがいです。兄とは会っておりません」

徳三郎はきっぱりと応じつつも、唇をしきりに嘗めた。

嘘を吐いているのだろうと、運四郎は疑った。

由良もそう感じたらしく、こちらに目配せをする。

「治兵衛には世話になった。わしらはな、百本杭までほとけを拝みにいったのだぞ」

「……そ、それは、申し訳のないことにございます」

「謝らずともよい。それで、ほとけはいつ引きとるのだ」

「早々に引きとり、茶毘《だび》に付そうかとおもっております」

「通夜や葬儀はせぬのか」

「世間体もございますし、控えようかと」

「おいおい、それじゃあんまりだろう」

「致し方ございません」

頑なに拒むので、差し出口は控えた。

徳三郎のもとから去り、ふたたび、表店のほうへ向かう。

由良は敷居をまたぎ、脅しつけるように声を張りあげた。

「火盗改である。徳三郎の女房か」

おそのは腰を抜かさんばかりに驚き、帳場から転がりでてくる。

「ひぇっ」

平伏するおそのに向かって、由良は眼光鋭く質した。

「昨夜、治兵衛は弟の徳三郎に会いにきた。それはわかっておる。何のために会いにきたのか、正直にこたえよ」

「……ぞ、存じあげませぬ」

「知らぬはずはあるまい。治兵衛は弟の女房が密通しているのを気に病み、離縁を持ちかけようとした。そうではないのか」

「ちがいます。それはちがいます」

おそのは否定し、観念した顔で喋りだす。

「義兄《あに》さんはたぶん、亭主のことを案じて来てくれたんだとおもいます」

「どういうことだ」

「亭主の徳三郎は博奕に溺れ、金貸しから借金をしておりました。そればかりか、若い女に誑《たぶら》かされ、囲い者にしようとしているのでござります」

「ほう、よくぞ調べたな」

「ぜんぶ、安吉《やすきち》さんが教えてくれました」

「安吉とは、おぬしと懇ろの男か」

「えっ、あ、はい」

さきほど乳繰り合っていた若い男のことだろう。

由良は横を向き、ぺっと唾を吐いた。

「まあよかろう。それで、おぬしは昨夜、治兵衛をみたのか」

「いいえ、みておりません。岡っ引きの親分さんにも、そう申しあげました」

「なるほど、いちおうは聞かれたわけか。されば、亭主の徳三郎を誑かしておる女とは何者だ」

「存じあげません。ほんとうなんです。安吉さんが言うには、下金屋《したがねや》利介《りすけ》の情婦だとか」

「下金屋だと」

「はい」

銀に精錬するために必要な下金を常是役所に納入する業者のことだ。

「利介なる者の住まいは」

「たしか、根津《ねづ》の権現さんに近いあたりだとか。隠売女《かくしばいじょ》の抱え主もやっている阿漕な男だそうです。亭主はたぶん、そいつに騙されているのにちがいありません。よいカモにされているんです」

「莫迦者」

由良は怒鳴りつけた。

「おぬしの亭主がカモにされていようが、おぬしらが切れ話をしようが、そんなことはどうでもよい。知りたいのは、昨晩、治兵衛が徳三郎を訪ねたかどうかだ」

「義兄さんのことはみておりません。お信じください。身持ちのわるい女ゆえ、義兄さんに化けて出られても文句は言えません。でも、それだけはほんとうなんです。わたしは義兄さんをみておりません」

おそのは床に両手をつき、べそを掻きながら訴える。

どうやら、嘘ではなさそうだ。

もはや、女房に尋ねることはない。

「いずれ、おぬしには天罰が下るだろうよ」

由良は捨て台詞を残し、くるっと踵を返す。

つぎに向かうべきは利介なる男のところだなと、運四郎はおもった。

三

根津権現へは神田明神下から湯島天神の切通を抜け、不忍池《しのばずのいけ》の西端をたどっていく。

そぼ降る雨のなか、泥濘《ぬかる》んだ池畔《ちはん》を進むのは辛い。

足袋は濡れて爪先を凍らせ、気力まで萎えさせる。

前を行く由良は、弱音ひとつ吐かない。

滾《たぎ》らせた怒りのせいで、寒さを感じないのであろう。

治兵衛殺しの真相を暴くまでは、歩みを止めぬつもりなのだ。

上から命じられた役目には、これほどのこだわりをみせない。召捕り方の連中はみな同じで、因幡小僧の探索にしても他人まかせのところが見受けられた。

「どうせ、手柄にはならぬ。弓二の連中にやらせておけばよい」

由良もそう言っていた。

運四郎としてはどちらも蔑ろにしたくないのだが、今は治兵衛殺しの探索を優先させたい。

——ごおん。

上野山内の鐘の音が、戌の五ツ半（午後九時）を報せている。

ふたりは根津権現へつづく参道までやってきた。

「この界隈は江戸でも有数の岡場所でな」

由良は笑みを浮かべてみせる。

「湯島からつづく池之端七軒町、宮永町に門前町、それから麟祥院《りんしょういん》につづく無縁坂にも切通片町がある」

いかがわしい見世の集まる町名を並べられても、運四郎にはぴんとこない。生まれてこの方、女郎買いというものをしたことがなかった。

「七軒町や門前町には、吉原並みに引手茶屋がずらりと並んでおる。宮永町には芸者もおってな、座敷に呼べば金二朱を払わねばならぬ。ただし、一歩露地裏へ踏みこめば、安価な女郎が買える四六見世がぎっしり並んでおる。夜の遊び代が四百文で昼が六百文ゆえ、四六見世と称するのだ。門前町はちと高いが、それでもほかにくらべれば根津は安い」

由良は立て板に水のごとく喋りつづけ、門前町の引手茶屋へ足を向けた。

暖簾《のれん》を手で分けると、手代風の男が揉み手でやってくる。

「何かご用でしょうか」

由良はぐっと胸を張った。

「お役目だ。下金屋の利介は何処で商売をやっておる」

「見世はこのさきの横丁にござりますが」

「女郎屋の抱え主もやっておると聞いたが」

「はい、三日月長屋《みかづきながや》と称する二十軒ほどの四六見世を抱えております。根津界隈では手広くやっているほうですよ」

それだけ聞けば用はない。

手代に言われたとおり、参道を外れて横丁へ踏みこんだ。

なるほど、下金屋とおぼしき見世がある。

由良は店先を通りすぎ、奥の露地裏へ向かった。

薄汚れた棟割長屋の木戸を潜ると、軒先に「三日月長屋　千客万来」と書かれた行灯《あんどん》が掛かっている。

「ここだな」

根津の岡場所は客の多くが職人らしく、侍のすがたはめずらしい。

それでも、由良は勝手知ったる者のように、どんつきのほうまで進んでいく。

運四郎は胸のあたりが苦しくなってきた。

由良が振りむく。

「わかっておるな、適当な女郎を見繕って懇ろになるのだ」

「へっ」

「へではない。筆下ろしはすませておるのだろう。もちろん、女郎買いが目途ではないぞ。利介のことを聞きだすのだ。ことに、情婦の素姓をな。泣きぼくろの女かどうかを確かめよ」

「はあ」

四六見世とは狭い部屋が横に並ぶ棟割長屋のことだった。部屋の間口は二尺の入口と二尺五寸の羽目板、入口のうえは無双窓、造作は土間と二畳の座敷からなる。

酸っぱい臭いのする部屋のひとつから、白い手が伸びてきた。

由良はその手を取り、間口二尺の穴蔵へ消えてしまう。

「お侍さん、ちょっと寄っていきなよ」

通りを隔てて反対側から、運四郎にも声が掛かった。

薄暗くて顔はみえない。

と書かれた軒行灯が頼りなげに明滅している。

——千客万来。

腕を搦めとられ、部屋のなかへ誘《いざな》われた。

二畳間には煎餅蒲団が三つ折りにたたまれ、枕がふたつ置いてある。

調度は粗末な衣紋掛けと鏡台、それに煙草盆しかない。

女郎は名乗りもせず、するすると帯を解きだす。

「……ま、待て。ちと、はなしをせぬか」

女は振りむいた。

齢は三十路前後か、顔はおかめで、からだつきは小振りの臼《うす》だ。

「辛味噌《からみそ》でもぶちまけるおつもりかい」

凄みを利かせ、わけのわからぬことを口走る。

「自慢話でもするつもりかいって聞いてんのさ。あんた、江戸詰めの田舎侍だろう。みりゃわかるさ。国許を遠く離れた田舎侍は、あることないことぺらぺら喋りたおし、仕舞いにゃ銭がないとほざきやがる。銭を頂戴しないことにゃ、こちとら顎が干上がっちまうんだよ。さあ、喋るまえに銭を寄こしな。きっちり四百文寄こすってなら、はなしを聞いてやってもいいよ」

運四郎は女郎の気迫に呑まれつつも、袖口から銭を取りだした。

そして、六百文を手渡す。

「これは昼間の値段だけど」

「よいのだ、取っておいてくれ」

「ほんとかい。ありがた山の天狗さま、どうか罰が当たりませぬように」

女は神棚を拝んでみせ、堰を切ったように身の上話をしはじめる。

「越後の在から十五で売られてこの方、食い扶持を求めて関八州の端から端へ転々といたしました。ようやく江戸へ出てきて、いつのまにか十余年が経ち、よくぞここまで瘡《かさ》にも罹らずにきたもんだと、毎日毎夜、神仏に感謝申しあげております。はい、おしまい。めずらしくもない女郎の身の上話ってやつだよ」

女は自嘲しながら、またも帯を解きだす。

「待て」

「だから、何を待つってのさ」

「越後なら同郷だ。わしは新発田の出でな」

「ふうん、わたしは瀬波村《せなみむら》だから、遠くないね」

女は心なしか、しんみりした顔になる。

すかさず、運四郎は尋ねた。

「ここの抱え主はどうだ」

「利介のことかい。ふん、人を人ともおもわない下司《げす》野郎だよ」

「……そ、そうなのか」

「別に驚くことじゃない。女郎屋の抱え主なんざ、似たり寄ったりさ」

「情婦がおるだろう」

「おこうのことかい」

「名は知らぬ。右目の端に泣きぼくろのあるおなごだ」

「おこうじゃないね。泣きぼくろの女ってのは、たぶん、おしののことだね。あの子はわたしらとは格がちがう。みてくれもいいし、齢も若い。たぶん嘘だろうけど、どこぞの公家屋敷から拐《かどわ》かしてきた娘だって聞いたよ」

「三日月長屋で春を売っておるのか」

「とんでもない。あの娘はね、夜な夜な駕籠で武家屋敷に通い、お偉いお侍の敵娼《あいかた》をつとめているのさ」

「昨晩《すみや》は誰の敵娼をつとめたのであろうな」

「『炭屋』って聞いたけど」

「『炭屋』とは、商人か」

「いいや、どこぞの大藩のご家老か何からしいよ。おしのが『炭屋』のお気に入りだってのは、三日月長屋では知らぬ者がいないはなしさ。でも、わたしらなんぞが正体を知るはずないだろう」

「なるほど」

「って、あんた、おしののことばかり聞いているけど、わたしを抱く気はあんのかい」

「いや、今宵はちと遠慮しておこう」

「銭は返さないよ。それでもいいのかい」

「無論だ」

「あんた、変わったお侍だねえ」

薄暗い部屋から送りだされると、由良が物陰から近づいてきた。

運四郎は興奮を隠しきれず、女郎から仕入れたはなしを告げる。

どうやら、由良も同程度の内容は聞けたようで、おしのという娘が夜伽《よとぎ》をさせられていた『炭屋』のことも知っていた。

「ここまでわかれば御の字だ。今朝みた屍骸は、たぶん、おしのであろう。昨夜も『炭屋』の敵娼をさせられたが、何かの拍子に命を失った。困った武家は、おしのを使わした利介に後始末を押しつける。利介は利介で、治兵衛の死に関わっていた。ふたつの屍骸を目のまえにして、情死にみせかける手をおもいついた。どうだ、この筋読みは」

「利介を叩けば、その筋読みが正しいかどうかわかりましょう」

「やってみるか」

ふたりは袖をひるがえし、下金屋のほうへ向かう。

そこで、おもいがけぬ邪魔がはいった。

岡っ引きの先導で、馬面の浦上十郎左衛門があらわれたのだ。

「ほほう、誰かとおもえば、またおめえらか。言ったはずだぜ、火盗改は首を突っこむなとな」

「ふん、何でおぬしがここにおる」

逆《さか》しまに由良が質すと、浦上は片眉を吊りあげた。

「警動《けいどう》だよ。明晩、このあたり一帯に捕り方の手入れがはいる。そいつを事前に報せておくのさ」

どうやら、治兵衛殺しの件で動いているのではないらしい。

とは言うものの、死んだおしのと関わりのある利介のもとへやってくることが、そもそも怪しかった。

「おれは験《げん》を担《かつ》ぐ。警動をぜんぶ悪党に報せるわけじゃねえ。きっちり、十度に一度って決めている。明晩がちょうどその日だというだけのことさ」

「ふん、わけのわからぬやつだ」

「言ったろう、おれは細けえ性分なんだよ」

由良は辟易しながらも、問わねばならぬことを口にする。

「おぬし、下金屋と知りあいなのか」

「知りあいなんかじゃねえ。金蔓《かねづる》さ。わかんだろう、おれたち定町廻りは小悪党と持ちつ持たれつ、誰もがこうやっておまんまを食っている。それでお江戸の安寧が保たれるって寸法さ」

「けっ、蛆虫《うじむし》め」

「おっと、聞き捨てならねえな」

「どうする、錆びた刀でも抜くのか」

由良はぐっと身構え、刀の柄に手を添えた。

殺気が膨らみかけたところで、浦上はへらへら笑いだす。

「ふん、火盗改と斬りあっても一文の得にもならねえ。でもな、おぼえておけ、あとで吠え面を掻かせてやるぜ」

ぺっと痰を吐き、浦上は下金屋の表戸を敲いた。

しばらくすると、脇の潜り戸が開き、狡猾そうな狐顔の男が顔を出す。

「あっ、これは浦上の旦那、さ、どうぞなかへ」

利介であった。

こちらにちらりと目をくれ、口端に笑みを浮かべて消える。

益々首を突っこまずにはいられなくなったなと、運四郎はおもった。

四

翌日は朝から晴天となった。

平川町の役宅までやってくると、野良着姿の坂巻讃岐守が竹箒で門前を掃いている。

めずらしい光景ではない。

坂巻は門前の掃き掃除を日課にしていた。

運四郎は直立し、深々とお辞儀をする。

「おはようございます」

「はい、おはよう。おぬし、伊刈運四郎か」

「いかにもさようにござります。紅葉山での御目見得に際しては、ひとかたならぬご配慮を賜り、かたじけなく存じまする」

「配慮などしておらぬ。それより、因幡小僧の探索はどうなっておる」

「それが……」

「はかばかしい進展はなしか。さもあろう。相手は弓二を手玉に取るほどの凶賊ゆえ、容易なことでは尻尾を摑ませまい」

「恐れいりたてまつります。あの、掃き掃除はそれがしが」

と、発しておきながら、運四郎はしまったとおもった。

坂巻は突如、茹で卵のような顔を紅潮させる。

「以前にも言うたはずじゃ。門前を掃き浄めるのは当主たる者の役目、そして楽しみでもある。わしから楽しみを奪おうといたすでない」

「はっ」

潮を吹かぬはずの鯨が声を荒げ、わけのわからぬ問いを口にした。

「朝餉は何を食うてきた」

「粥にござります」

「ふむ、されば粥を盛った鉢なり椀は、おのれで洗ってきたか」

「洗いましてござります」

「それじゃ」

「はあ」

「洗鉢盂去《はつうをあらいされ》と申すは禅の教えよ。平常心是道《へいじょうしんこれどう》、仏道の修行に近道もなければ、小難しい屁理屈もない。日々の暮らしすべてが修行にほかならず、目の前の物事と真剣に向きあわねばならぬ。粥をありがたく頂戴したあとは、手を抜かずまっさきに鉢盂《はつう》を洗わねばならぬ。瑣末に感じることであっても、ひとつひとつ真剣に向きあわねばならぬ。鉢盂を洗うこととてしかり、門前の掃除とてしかりじゃ」

「はっ、そのおことば、肝に銘じておきまする」

運四郎はもう一度頭を下げ、役宅のなかへはいっていった。

草履番の弥一が怪訝な顔を寄せてくる。

「伊刈さま、何かやらかしましたか」

「えっ」

聞き返す暇も与えられず、奥の廊下から「かつかつ」こと勝目勝之進が跫音を響かせてあらわれた。

「伊刈運四郎、おぬしは昨夜、由良鎌之介ともども根津権現門前の岡場所へ出没しおったのか」

藪から棒に喧嘩腰で問われ、運四郎は戸惑った。

「行ったかどうか、正直にこたえよ」

「……ま、まいりました」

「何のために行ったのだ。まさか、女郎を買ったのではあるまいな」

「……か、買いました。されど、相手には指一本触れておりませぬ」

「女郎を買って指一本触れぬだと、さようなはなし、信じられるか。のう、弥一」

「はい、信じられませぬ」

問われた弥一は、淀みなくこたえる。

何だこいつ。

運四郎が睨みつけると、弥一は横を向いた。

勝目の怒りは止まらない。

「女郎を買うのも怪《け》しからぬが、もっと怪しからぬのは、町奉行所の縄張りを荒らしたことだ。おぬしら、情死した知りあいのことを調べておるらしいな。南町奉行所の年番方から苦情がはいったぞ。支配ちがいの横紙破りもいい加減にせい、とな」

なるほどと、合点した。

浦上十郎左衛門から年番方与力に告げ口され、さっそく、こちらの役宅へ苦情の記された文が寄こされたのだ。

　勝目は眸子を三角にして、口角泡を飛ばしつづける。

「火盗改の召捕り方がやらねばならぬことは何だ、言うてみろ」

「はっ、世を騒がす凶賊の探索にござります」

「凶賊とは」

「はっ、因幡小僧にござります」

「因幡小僧について、おぬしは何を知っておる」

「女子供も殺める極悪非道な輩にござります」

「莫迦者、さようなことではない。因幡小僧の素姓ならびに盗人宿の所在について、何を知っているのかと聞いておる」

「何ひとつ存じあげませぬ」

「よいのか、それで。本来為すべきことをうっちゃり、町方に任せるべき一件に首を突っこむ。そんなことでよいのかと聞いておる」

「いけませぬ。いけないとおもいます。されど……」

「言い訳は聞かぬ。手柄をあげてこい。おぬしが鉄砲女郎を抱こうが、瘡を伝染《うつ》されて鼻欠けになろうが、そんなことはどうでもよい。弓二より早く因幡小僧の頭目をみつけだし、ふん縛ってくるのだ。わかったら行け、ぐずぐずいたすな」

「はっ」

脱ぎかけた草履を履きなおし、後ろを向いて着物の裾を持ちあげるや、一目散に駆けだす。

表門から飛びだしたところで、坂巻に声を掛けられた。

「こら待て」

箒を抱えて大きなからだを寄せ、泥鰌髭をひくつかせる。

「さきほどの洗鉢盂去、教えてくれたのは長福寺の如幻和尚じゃ」

驚いた。

「如幻はそれがしの叔父にござります」

「ほう、それは知らなんだ」

どこまでが真実かわからない。由良が言っていた「のらり蔵之介《くらのすけ》」という綽名がぴったりだ。

「されど、如幻和尚はこうも言うた。目の前のことにばかり気を向けると、得てして物事の大きな流れを摑み損ねる。隻手音声《せきしゆおんじよう》、両手ではなしに片手だけで打ったときに出る音を聴けと、そう仰せになってのう」

またも、四字の公案だ。禅問答につきあわねばならない。

如幻に鍛えてもらっているので、応じるべきことばは持っていた。

「両手で打てば音がなり、片手では打つことすらできぬゆえ、常道で申せば音は鳴りませぬ。されど、音を聴けという。それはどういうことなのか。誰もがあたりまえと考えることを疑ってかかれ、という教えにござりましょう」

「ふふ、わかっておるではないか。如幻和尚の甥だけあるな。隻手音声、誰もがあたりまえと考えることを疑ってかかれ。これもまた、金言であろう」

「はあ」

坂巻はさらに身を寄せ、竹箒を預けてくる。

そして、懐中から何かを取りだした。

「しノ字のやつがな、妙なものを預けていきよった。これが何かわかるか」

「丁銀《ちょうぎん》にござりますか」

「そうみえるか。混ぜ物が多くてな、銀とは呼べぬ代物らしい。要するに、贋銀《にせぎん》じゃ。近頃、こうした贋銀が市中に出まわっておるとか」

「はあ」

「調べる気があるなら、おぬしに預けよう」

「えっ」

驚いた顔をすると、坂巻は竹箒をひったくる。

「文句でもあるのか」

「……い、いえ。因幡小僧の探索はいかがいたしましょう」

「ふふ、さては与力に灸を据えられたな。因幡小僧については、弓二の連中もお手上げのようじゃのう。探索の糸口すら摑めぬと聞いたぞ。行き詰まったら、見方を変える。

「隻手音声にござりますか」

「そうじゃ。贋銀の一件を調べていけば、みえぬものがみえてくるやもしれぬ」

みえぬものがみえてくる。

胸の裡で繰りかえし、丁銀をぎゅっと握りしめた。

ひょっとしたら、坂巻は新参者の自分に大手柄を期待しているのかもしれぬ。

そうおもうと武者震いを禁じ得なくなり、運四郎は颯爽と袂をひるがえした。

五

銀と言えば、大黒常是《だいこくじょうぜ》にほかならぬ。

「関ヶ原で東軍が勝利をおさめた翌年、家康公は泉州堺の湯浅作兵衛《ゆあささくべえ》という銀吹き職人に『大黒常是』を名乗らせた。それがはじまりだ」

得意げに説いてみせるのは、由良にほかならない。

坂巻に預けられた丁銀のことを聞きつけ、銀座の常是役所へ向かうべく誘ってきたのだ。

徳三郎は兄の死について、何か重要なことを隠している。

正面からあたってもロを割るとはかぎらぬので、妙な動きをせぬか見張ってみることにした。

ふたりは今、銀の吹き所がある京橋にいる。

杏色の夕陽は落ちかけ、千代田城の甍《いらか》を真っ赤に染めていた。

「『常是』は南鐐座《なんりようざ》の銀細工師に与えられた誉れ高き官職名らしい。これに蔵を守る神さまの『大黒』を冠したというわけだ。『大黒常是』は代々世襲された家職の呼び名でな、長らく銀座の吹き所で極印《ごくいん》打ちを任されてきた」

京都にも銀座はある。そちらは湯浅作兵衛の長男である大黒作右衛門に引きつがれ、江戸の京橋銀座は次男である大黒長左衛門が銀改《あらため》役となって世襲した。

「江戸の大黒常是は今、七代目の長左衛門常峯が継いでおる。内儀は町年寄樽屋《たるや》藤左衛門《とうざえ》の娘でな、名の知られた金持ち同士でくっつき、江戸幕府の開闢《かいびやく》前からつづく地位を守ろうとしておるのさ」

常是役所は銀地金の調達や銀貨の幕府上納などもおこなうが、主な役目は丁銀への極印打ちと包封《つつみふう》であった。包封された包銀《つつみぎん》は「常是包《づつみ》」と呼び、封を切らずに取引できる信用の高い貨幣となる。

たとえば、金貨には小判百枚を包封する百両包などがあるが、重さで価値を計る銀貨は一定の重量がある丁銀に小さな豆板銀を足して調整する。「常是包」は恩賞や贈答用には四十三匁を目安に包み、大口の支払いなどでは五百目単位で包封された。包の表には「銀五百目」などと極印し、裏には包封の年月と場所を記して封印が施され、表裏に正真正銘の銀であることを証明する宝印を捺印しなければならない。

上方では銀勘定が通例となっているので、上方に本店を持つ豪商の多くは小判よりも銀を包んだ「常是包」のほうに慣れているともいう。

なお、精錬は銀座の鉐場《ませば》でおこない、鋳造は常是役所でなされた。

灰吹銀と差銅を定まった品位で混ぜ、鋳造された銀塊は厳格な調べがなされたのち、常是極印役により大黒像と、「常是」「寳」といった極印が打たれる。さらに、品位が正しいことを確認するために、できあがった丁銀には紀吹《ただしふき》なる抜取り調べがおこなわれる。常是手代立会いのもと、灰吹法により三百目の丁銀から得られる上銀の量を確かめるのだ。

由良の説くとおり、銀ができるまでには厳格な工程があった。常是役所の奉公人は謹厳実直な人物でなければならず、本来なら博奕に溺れた徳三郎が居られるようなところではない。

だが、徳三郎の評判はすこぶるよかった。役所に通う奉公人たちのはなしだけを聞けば、しっかり者の手代で通っている。

火灯し頃になると、常是役所には四方から大八車が集まってきた。

いずれも、銀の鋳造に使う下金を積んでいるのだ。

徳三郎は下金屋の差配を担っているらしく、荷下ろし場で積み荷の下金を受けとり、業者ひとりひとりに代金を払った。

おそらく、利介との繋がりも、こんなふうにしてできあがったにちがいない。

やがて、大八車が残らず去ると、徳三郎は帰り支度をはじめたようだった。

しばらくすると裏口からあらわれ、俯いたまま足早に歩きだす。

ところが、長屋のある新橋へは戻らず、楓川《もみじ》に架かる弾正橋《だんじょうばし》を渡った。

本八丁堀から永島町のほうへ向かい、亀島川に架かる亀島橋も渡る。

たどりついたさきは、霊岸島の新川河岸であった。

二ノ橋の手前まで迷わずに進み、川沿いに軒を並べた酒蔵のひとつに消えていく。

「丸にやの字が号してありますが、何処の酒蔵でしょうね」

「わからぬな。ともあれ、様子を窺ってみよう」

由良はそう言いつつも、一刻（二時間）ほどすると飽きてきたようだった。

「ちと、橋向こうの『治兵衛』に顔を出してくる。おらくが見世を開けておるかもしれぬゆえな」

要は、酒が呑みたいのだろう。

「どうぞ、ごゆっくり」

皮肉交じりに言いはなち、運四郎はひとりで物陰に潜んだ。

ぐうっと、腹の虫が鳴きはじめる。

せめて、握り飯でも頼んでおけばよかった。

長々と溜息を吐いたところへ、大八車があらわれた。

一輛や二輛ではない。

暗がりから抜けだし、丸にやの字の酒蔵へ吸いこまれていく。

常是役所でみたのと同様の光景だった。

大八車には下金が積まれているのだろう。

下金屋とおぼしき連中は空になった大八車を押し、ふたたび、暗がりの奥へ消えていく。

運四郎は待ちぶせをこころみ、帰ろうとする下金屋のひとりを捕まえた。

何をしてきたのか恐い顔で詰問すると、下金屋はあっさり教えてくれる。

「常是役所に持ちこむ手間賃の二倍払ってもらえるんです」

徳三郎の素姓は知らない。敢えて聞かないようにしているという。

御法度だと知ってはいても、払いのよいほうへ納めたくなるのはあたりまえのはなしだ。

それにしても、秘かに集めた下金をどうする気だろうか。

運四郎は急いで物陰に戻った。

由良は夜の巷に消えたまま、帰ってくる気配もない。

河岸の桟橋には、荷船が何艘か横付けされていた。

夜陰に紛れてやってきたのだ。

「怪しいな」

荷運びの人足たちはみな、頰被りで顔を隠している。
大八車で運ばれてきたのは、徳三郎が集めた大量の下金にほかならない。
荷船で今から、何処かへ運ばれていくのだ。
心ノ臓が高鳴りはじめる。
運四郎は懐中の丁銀を握りしめた。
荷積みがあらかた終わると、ふたりの町人が桟橋にやってくる。
おどおどした様子のほうは、徳三郎であった。
もうひとりの面相をみて、運四郎は息を吞む。
小狡そうな狐顔、隠売所《かくしばいじょ》も営む下金屋の利介にまちがいない。
荷積みの終わった荷船は、すみやかに桟橋を離れていった。
「どうする」
考えるまえに、からだが動いた。
荷運び人足の背後に迫り、当て身を食わせて昏倒させる。
「すまぬな」
薄汚い着物を奪い、素早く人足に化けた。
手拭いで頰被りをすれば、暗闇で誰かに気づかれる心配もあるまい。
運四郎は桟橋に身を躍らせ、最後の一艘となる荷船の艫《とも》に乗りこんだ。
船首には利介が陣取り、徳三郎は項垂れたまま桟橋に佇んでいる。

やがて、纜が解かれ、荷船は鏡面のような川面に滑りだした。

桟橋も徳三郎も、すぐに遠ざかってしまう。

深閑とする真夜中の新川には、艪《ろ》の音しか聞こえていない。

張りつめた闇に呑まれかけ、心細くなってくる。

だが、物陰であのまま、由良を待つわけにはいかなかった。

坂巻からも期待されているというおもいが、無謀で危ういこころみに挑ませたのであろう。

――贋銀の一件を調べていけば、みえぬものがみえてくるやもしれぬ。

坂巻のことばが耳に甦ってくる。

運四郎の乗る荷船は、ひょっとしたら、悪党どもが贋銀をつくる吹き所へ向かっているのかもしれない。

吹き所の所在を特定することができれば、これ以上の手柄はあるまい。

人を褒めぬしノ字小平太も、かならずや、褒めてくれることだろう。

筒二十四の連中からも、半人前ではなく、一人前の召捕り方としてあつかってもらえるにちがいない。

荷船は大川に出るや、岸辺に沿って川上へ遡っていった。

永代橋を潜り、両国橋をも潜って滑るように進む。

漆黒の川面に白い航跡が閃いては消えていった。

身を凍らせるほどの川風が真正面から吹きつけてくる。

気持ちが昂ぶっているせいか、少しも寒さを感じない。

まるで、夢のなかを進んでいるかのようだった。

前途に待ちうけているのは、悪夢なのかもしれない。

だが、運四郎は手柄をあげることばかり考えている。

深まる闇をものともせずに、荷船は大川を遡上していった。

六

吉原遊郭へ猪牙《ちょき》で通う遊冶郎《ゆうやろう》は、浅草御蔵の首尾の松に柏手を打ち、山谷堀《さんやぼり》の注ぎ口に架かる今戸橋の舟寄せから日本堤へあがる。

運四郎を乗せた荷船が舳先を向けたのは、山谷堀を過ぎたさきの川岸だった。

船渡しのある橋場《はしば》の手前、日中は都鳥の群れ飛ぶ江戸の外れである。

吉原には役目で足を向けたこともあったが、この辺りに地縁はない。

田圃のなかに寺がいくつかあり、岸には今戸焼《いまどやき》の窯《かま》が並んでいる。

今戸焼と呼ぶ素焼きの陶器なら、運四郎も知っていた。

日々の暮らしに使う皿や茶碗、置物の人形などもよくみかける。

川岸に幾筋も黒煙が立ちのぼる光景は、今戸や橋場界隈の風物詩にもなっており、江戸の案内役を買ってでてくれた於菟からも聞いていた。

先着した荷船からは、つぎつぎに下金が下ろされていく。

運四郎の乗る荷船も横付けにされた途端、荷下ろしが忙《せわ》しなくはじまった。

「ほら、急げ。ぐずぐずするな」

利介は柳の枝を笞《むち》替わりに使い、人足たちの背中や尻を叩こうとする。

運四郎は咄嗟に愛刀を桟橋の側溝に隠し、荷下ろしの列にくわわった。

下金は麻袋などにまとめて入れられ、担ごうとすると腰が砕けそうになるほど重い。

人足たちは慣れているので、軽々と担いでいく。

少しでも休むと、利介の笞が飛んできた。

「てめえ、腰がふらついてんぞ」

傍《はた》からみているだけではわからない。

正直、これほどきついとはおもわなかった。

運四郎は歯を食いしばり、荷下ろしを繰りかえす。

石垣を積む黒鍬《くろくわ》者にでもなった気分だが、ほかの連中は文句も言わずに黙々とからだを動かしつづけた。

大八車に積みかえられた荷は、桟橋から末枯《うらが》れた原っぱのほうへ運ばれていく。

どうやら、浅茅《あさじ》ヶ《が》原《はら》の端っこらしい。

於菟に聞いたはなしによれば、浅茅ヶ原には一軒の荒《あば》ら屋があり、道に迷った旅人の命を寝ている間に奪う鬼婆が住んでいたという。原っぱのなかの一本道を突っ切ると、みずからのおこないを悔いて鬼婆が身を投げた姥ヶ池《うばがいけ》らしき池もあり、なるほど、池畔には柿葺《こけら》きの百姓屋がぽつんと建っていた。

「ぶるっちまうぜ」

人足のひとりがつぶやいた。

鬼婆の伝説を信じているのだろうか。

だが、百姓屋に住むのは鬼婆ではなかった。

「頭、荷を運んでめえりやしたぜ」

利介の声に反応し、ぎっと表戸が開いた。

扉の奥は灼熱の炎に包まれ、汗みずくの職人たちが立ちはたらくすがたも見受けられる。

熱風とともにあらわれたのは、両肩が瘤《こぶ》のように盛りあがった大男だった。

総髪は薄く、秀でた額に隠れた双眸《そうぼう》は炯々《けいけい》としており、ひしゃげた鼻と分厚い唇の貼りついた容貌は魁偉《かいい》というしかない。

「増力《ますりき》の頭《かしら》、おばんでやす」

名なのか、屋号なのか、判然としない。

戯《おど》けた利介を睨みつけ、増力と呼ばれた男はふんと鼻を鳴らす。

凄まじいまでの迫力だ。

みているだけで萎縮してしまう。

熊が相手でも、素手で撲り殺してしまいかねない。

閉められた扉の向こうでは、贋銀を鋳造しているのだろう。

荷船のうえで予想したとおり、吹き所へ導かれてきたのである。

正体がばれれば、まず、命はあるまい。

増力は太い声を発した。

「利介よ、今宵の人足は何人だ」

「へえ、十二、三人てとこで」

「はじめての連中ばかりだろうな」

「そいつはもう、頭に念押しされておりやすんで」

「利介、こっちへ来い」

「へえ」

増力は利介が近寄るや、ばこっと一発頭を撲った。

利介は藁人形のようにすっ飛び、しばらく起きあがってこない。

人足のひとりがみかねて、桶に汲んだ水を顔にぶっかけた。

利介は覚醒し、立ちあがって首を振る。

撲られた理由はわかっているらしい。

「すんません。念押しされたなんぞと、無駄口を叩いちまいやした」

「わかりゃいいんだ。無駄口を叩くやつは命を縮める」

増力の声が腹にずっしり響いた。

胆の太さが自慢の運四郎も、手足の震えを抑えきれない。

「人足どもに手間賃をくれてやる。おい、てめえら」

奥から手下がふたりあらわれ、戸板を運んできた。

戸板のうえには、丁銀や豆板銀が無造作に置かれている。

吹き所のなかで鋳造した贋銀にちがいない。

おもわず、人足のひとりが不満を漏らした。

「旦那、まさか、手間賃を贋銀で払おうっておつもりじゃ」

ほかの連中が、はっとして息を呑む。

増力は三白眼で睨みつけ、長い舌で唇を嘗めた。

「言ったはずだぜ。無駄口を叩くやつは命を縮めるとな」

突如、百姓屋の両脇から、怪しげな人影がぞろぞろ出てきた。

腹を空かせた浪人どもだ。

安金で雇った用心棒であろう。

数は十人を超えており、囲まれれば逃れる余地はない。

増力は丁銀をひとつ取り、逆らった人足に身を寄せた。

蛇に睨まれた蛙と同じで、人足は硬直したままでいる。

増力は何も言わず、丁銀を握った左手を振りあげた。

無造作に振りおろす。

――がつっ。

人足はくずおれた。

即死である。

脳天に穴が開き、首は肩にめりこんでいた。

これを合図に、浪人どもが一斉に白刃を抜きはなつ。

「ふおっ」

気合いもろとも、残りの人足たちに襲いかかった。

「ぐわっ」

「ひぇっ」

おぞましい断末魔が尾を曳いた。

人足たちは逃げることもできず、周囲は地獄絵のごときありさまとなる。

ただし、運四郎だけは別だった。

斬りつける浪人の懐中へ飛びこみ、鳩尾に当て身を食わす。

「ぬぐっ」

気絶した浪人の脇差を奪うや、襲ってきた別の浪人を袈裟懸けに斬った。

ほかの連中が気づき、周囲を取りかこむ。

「こやつ、ただの人足ではないぞ」

浪人のひとりが叫んだ。

増力が身を乗りだしてくる。

「ほほう、間者《かんじゃ》が一匹潜んでいやがったか。ふふ、おもしれえ。そいつを斬ったら十両くれてやる。無傷で捕まえたら二十両だ」

「くわああ」

浪人どもが雄叫びをあげ、左右から斬りつけてくる。

運四郎は巧みに躱《かわ》し、ふたり同時に斬りふせた。

ひとりは喉笛を裂き、ひとりは脇胴を抜いたのだ。

力量の差は歴然としており、残った浪人どもは容易に斬りつけてこなくなる。

「やるじゃねえか。おめえ、剣客だな」

増力は余裕の笑みを漏らし、みずから間合いを詰めてきた。

真正面に巨木が聳《そび》えたようで、丈のある運四郎もみあげねばならない。

「おめえ、名は」

「伊刈、伊刈運四郎」

「何で姓を繰りかえす」

緊張したり興奮すると、そうなってしまうのだ。

「へへ、おれさまに勝てるかな」

増力は徒手空拳で迫り、誘うように右腕を差しだす。
「へやっ」
運四郎は隙を逃さず、右手を小手打ちに斬った。
ぼそっと、手首が落ちる。
つぎの瞬間、輪斬りにしたはずの切り口が火を噴いた。
——ずん。
足許がぐらついた。
肩口に焼けるほどの痛みが走り、意識がすうっと遠退《とおの》く。
そのまま、仰向けに倒れたところまではわかった。
漂ってきたのは、硝煙の濃厚な臭いだ。
まさか、撃たれたのか。
右腕が仕掛け筒になっているのか。
予想だにできなかった。悪夢としか言いようがない。
地獄の淵を彷徨っているとも知らず、運四郎は眠りに落ちた。

七

攫られては気を失い、覚醒しては攫られる。

そうした繰りかえしによって、運四郎の顔は腫れあがって化け物に変わっていた。背中や腹も笞で打たれている。真竹二本を麻苧《あさお》で包み、観世縒《かんぜより》で巻きつめた笞だ。悲観すべきは左肩に負った裂傷で、筋まで痛めているために腕を動かすこともできなかった。

それでも、鉛弾《なまりだま》を食らって生きているほうが不思議なはなしだ。

「わざと外してやったのさ」

増力は豪快に嗤ったが、仕込み筒から放たれた鉛弾は左肩だけでなく、掠めた首や耳にも火傷を負わせ、その部分が水脹《みずぶく》れになって異様な臭いを放っていた。

「今日で三日目だ」

見張り役の男は五郎吉《ごろきち》と言い、腕っぷしが自慢の元百姓であった。

責め苦のときは撲り役を買ってでるにもかかわらず、傷口には薬草を当てて癒やそうとする。

理由を聞けば、増力から「殺さぬ程度に生かしておけ」と命じられたからだという。

運四郎はみずからの姓名は名乗ったが、火盗改であることは喋っていない。

素姓をすべてあきらかにすれば、命を奪われるとおもっていた。

ひどい責め苦を受けているときは、正直、死んでもいいとあきらめたりもする。

しかし、責め苦が終わると、どうにかして生きつづけ、ここから逃げだしたいと願った。

ここは何処なのだと聞いても、五郎吉は教えてくれない。

贋銀をつくる吹き所のそばなのかどうかも判然としなかった。

五郎吉の微妙な反応から推せば、おそらく、吹き所のそばなのだろう。

窓の無い狭い小屋のなかで、鎖に繋がれているのだ。

鶏の糞が臭うので、鶏小屋かもしれない。

卵も産めず、飛べもせぬ。

運四郎のすがたは、羽を抜かれた鶏も同然だった。

どうにかして、吹き所のことを筒二十四の連中に報せたい。

もはや、手柄をあげる気などないが、罪もない人足たちを虫螻のように殺めさせた増力を許すことはできなかった。弓二も筒二十四も関わりなく、火盗改が一丸となって、極悪非道な連中を一網打尽にせねばならぬ。

「小頭……」

苦境に陥ったとき、いつも浮かぶのは、しノ字小平太の顔だ。

のたうつ龍のような刀傷をおもいだすと、何故か勇気が湧いてくる。

死んではならぬ。是が非でも生きのび、悪党どもに天誅を加えてやるのだという気持ちになった。

増力が久しぶりに顔をみせたのは、四日目の晩だった。

狭い鶏小屋に踏みこんでくると、天井に頭がつきそうになる。

運四郎は後ろ手に縛られ、壁と鎖で繋がれた首枷《くびかせ》をつけられていた。

「おめえ、町方の役人じゃねえな。もしかして、火盗改か。それならひとつ、聞きてえことがある」

増力は巨軀を屈め、肥溜めの糞のような息を吐きかけてくる。

「しノ字小平太と呼ばれている男がおろう。しノ字の刀傷を誰にどうやってつけられたのか、そいつが知りてえんだ」

妙なことを聞く。

そうおもった刹那、記憶の片隅にぱっと何かが点った。

点った記憶の正体はわからない。

ひょっとして、この怪物を知っているのだろうか。

そんなふうにも感じたが、感じた理由もわからなかった。

運四郎は賭けに出た。

「しノ字小平太のことなら知っている」

「お、そうか。やっぱり、見込んだとおりだ。おめえ、しノ字の配下なんだろう。おめえの生首を届けてやったら、やつは怒り狂うんじゃねえのか」

「それはあるまい」

即座に否定すると、増力は首をかしげた。

「どうしてわかる」

「小頭はそういうお方だ。わしのような下っ端が死んでも、屁ともおもわぬ」

「血の冷てえ野郎なんだな。ふん、それも一理ありか」

「何故、小頭のことが知りたいのだ」

「うるせえ、余計な勘ぐりを入れるんじゃねえ」

増力はやおら立ちあがり、どすっと腹に蹴りを入れてくる。

「うっ」

息が詰まり、激しく嘔吐した。

口から出てきたのは、黄色い汁だけだ。

三日前から、ものを食べていない。

水だけで命を繋いでいた。

「その様子じゃ、あと一日か二日ってとこだな。おめえに使い道がねえとわかりゃ、すぐにあの世へ逝かせてやるぜ」

捨て台詞を残し、増力は去った。

どうにかしなければなるまい。

焦りは募るばかりで、頭はいっこうにはたらかない。

五郎吉もいなくなり、運四郎は浅い眠りに落ちた。

――うおおん。

山狗の遠吠えが聞こえてくる。

いったい、どれだけ眠ったのか。
目を覚ましてみると、足許に欠け椀が置かれている。
椀には粥が盛ってあった。
運四郎は手を伸ばし、椀を摑むや、冷めた粥を啜る。
必死に啜りながら、手足が自在に動くことに気づいた。
「あっ」
首枷も外され、縄目も解かれている。
仰天しつつも、恐る恐る立ちあがってみた。
少しふらつきはしたが、歩くことはできる。
薄暗がりのなか、泳ぐように戸口へ近づいた。
壁際に手燭《てしょく》が置いてある。
「ん」
誰かが俯せに倒れていた。
五郎吉だ。
喉を裂かれて死んでいる。
いったい、誰が殺ったのか。
考えている猶予はない。
丸木でできた戸に手を掛けた。

——ぎっ。

軋みをあげ、戸が開く。

罠かもしれない。

警戒しつつも、運四郎は外へ抜けだした。

誰もいない。

漆黒の闇が広がっているだけだ。

わずかな星明かりが、近くの川面を照らしだす。

這うようにして川岸へたどりつき、水をごくごく呑んだ。

——ぴちゃ、ぴちゃ。

水音がするほうへ顔を向けると、猪牙が杭に繋がっている。

迷うことなく、運四郎は猪牙に乗りこんだ。

纜を解き、水面へ滑りだす。

櫂を握り、力強く漕ぎはじめた。

流れは緩やかで、川幅はさほど広くもない。

ふと、後ろを振りかえってみると、川岸に人影がひとつ佇んでいる。

助けてくれた相手であろうか。

あるいは、まぼろしかもしれない。

運四郎は涙を流し、深々と頭を下げた。

これが夢ならば、覚めてほしくはない。

猪牙は流れに乗ってぐんぐん進み、やがて、注ぎ口から大きな川へと躍りだしていった。

八

大川に躍りでたあとは左手に折れ、滔々とした流れに沿って進む。

わかったのは、橋場の渡しから対岸に渡っていたらしいことだった。木母寺《もくぼじ》で知られる関屋里《せきやのさと》の何処かに「鶏小屋」はあったにちがいない。

猪牙は新大橋を潜って右手に折れ、箱崎から日本橋川にいたり、江戸橋の手前で左手の楓川に折れて突きすすんだ。そして、弾正橋を過ぎて右手に折れ、京橋のあたりで舳先を岸辺に向けた。

陸へあがってからさきは、どうやって歩いたのかもおぼえていない。たどりついたのは、平川町の役宅であった。

――ごおん。

鐘の音は丑三つ（午前二時）を報せている。

江戸の町は寝静まっているころだ。

もちろん、待っている者があることなど期待していなかった。

四日ほど行方知れずになったからといって、誰ひとり気にも掛けまい。

日頃の粗略なあつかいから推せば、運四郎がそうおもうのも仕方なかろう。

ところが、役宅まで来てみると、門前の左右に篝火が煌々と焚かれている。

「何だろう」

出役の命でも下されたのか。

何の気無しに門前までやってくると、門番の小者が驚いた顔でみつめてくる。

「……い、伊刈さまであられますか」

「そうだが」

返事をすると、小者は踵を返し、奥へ走っていった。

なかば開いた門を自分でこじ開け、運四郎は役宅のなかへ踏みこんでいく。

「えっ」

足を止め、眸子を瞠った。

筒二十四に属するすべての者が捕り方装束に身を固め、表口のまえに整然と並んでいる。

突如、塗りの陣笠をかぶった坂巻が声を張りあげた。

「伊刈運四郎、よくぞ生きて還ってきた」

ひとつ年下の葛城翼が飛んでくる。

「みんなで、運四郎どのを待っていたのですよ」

手を取り、涙ながらにそう言った。

運四郎は物乞いのような風体で、みなのそばへ近づいていく。

「運四郎、すまなんだな」

殊勝に謝ってみせる由良鎌之介の目にも、きらりと光るものがあった。

隊列のまんなかには、しノ字小平太の顔も見受けられる。

無表情でこちらをみつめ、ぼそっと問うてきた。

「悪党どもの隠れ家は何処だ」

「浅草の橋場でございます。姥ケ池《いか》のそばに、贋銀を鋳造する吹き所が」

淀みなく応じると、小平太は厳めしげにうなずいた。

「よし、道々詳しく聞こう。そのなりでよいから、わしのあとにつづけ」

「はっ」

しノ字小平太の声を聞き、怪我の痛みも消えた。

蓄積した疲れも吹っ飛び、凛々と勇気が湧いてくる。

野々村孫八がつくった湯漬けも、闘志を掻きたてる手助けとなった。

坂巻を先頭に立てた筒二十四の一団は、真夜中の閑寂とした往来に跫音を響かせる。

鎧の渡しには、あらかじめ用意されてあったのか、十人乗りの鯨船《くじらぶね》が二艘も揃っていた。

さっそくみなで乗りこみ、日本橋川から大川へと躍りだしていったのである。

運四郎は堰が切れたように、自分の目でみてきたことを語った。

小平太が興味をしめしたのは、増力の片手に筒が仕込まれていたはなしだ。

「そやつが失ったのは、右小手なのだな」

と、一度ならず念を押された。

そして、運四郎を救ってくれた者のことも気にしていた。

小平太がじっと考えこむすがたをみたのは、おそらく、はじめてかもしれない。

消すことのできぬ誰かとの因縁を探っているかのようだと、運四郎はおもった。

鯨船が橋場の渡しに達したころには、東の空が仄白《ほのじろ》くなっていた。

岸辺は乳色の靄に包まれ、捕り方は手探りで進まねばならなかった。

朝露に爪先を濡らして浅茅ヶ原を突っ切り、姥ヶ池の汀《みぎわ》にたどりつく。

贋銀を鋳造する吹き所は確かにあった。

ところが、増力も餓えた浪人たちもおらず、百姓屋は蛻《もぬけ》の殻《から》だった。

「敵も然《さ》る者。こうくるだろうとはおもっていたさ」

由良は苦々しげに吐きすてる。

吹き所の奥から、葛城が叫んだ。

「小頭、こちらへ」

みなで向かってみると、屍骸がひとつ転がっている。

「下金屋の利介だな」

吐きすてたのは、由良であった。

仰臥した利介の額には、五寸釘が打たれている。

頬に血で「誅」と記され、手には紙切れを握らされていた。

しノ字小平太は膝を折り、紙切れを拾いあげた。

「あっ」

運四郎は息を呑む。

すでに、何度か目にしたことがあった。

紙切れには、下手くそな似面絵が描かれている。

顔にのたうつ傷のせいで、誰の顔かはすぐにわかった。

「……そ、そいつは」

由良が声を震わせる。

この瞬間、弓二も血眼になって捜す因幡小僧の頭目と、贋銀をつくっていた増力が繋がったのだ。

「小僧、おぬしが生かされた理由をずっと考えていた」

小平太は、低い声で喋りだす。

「そいつはたぶん、内通させようとおもったからだ」

「内通でございますか」

「おぬしに裏切り者の資質があるかどうか、見極めようとしていたのさ」

火盗改のなかには、凶賊と裏で通じている内通者がいた。

少なくとも、しノ字小平太はそう考えている。

火盗改の動きを知れば裏を掻くことができ、事実、悪党どもはそのおかげで数々の盗みをやり遂げてきた。それゆえ、因幡小僧の頭目は、大金を払ってでも内通者がほしいと考え、網を張ろうとしていた。

「そこへ、鼠が一匹引っかかった」

「それがしですか」

「ああ、そうだ。おぬしはたぶん、もう少しで落ちるところだったにちがいない」

「冗談じゃありませんよ。盗人どもの密偵になるくらいなら、舌を嚙みます」

「人は弱い。そう簡単には死ねぬ」

裏切ると決めつけられ、運四郎はふてくされた。

「されど、落ちる寸前でおぬしは救われた」

救った相手の正体を、小平太は察しているのかもしれない。

運四郎にはわからず、問いかける機会も逸した。

小平太がいきなり、くしゃみをしたからだ。

似面絵の描かれた紙切れで鼻をかみ、丸めてぽいと捨てる。

そこへ、長官の坂巻がのっそりあらわれた。

「……ま、まさか」

「せっかくみなでやる気を出したのに、残念であったな」

しノ字小平太は軽く頭を下げ、吹き所から外へ出ていってしまう。

「のう、わしの言うたとおりであったろう」

坂巻はこちらに目配せを送ってきた。

「大きな川と同じでな、すべての悪事はひとつところに流れてくる」

含蓄のあることばだ。

小倉又一が大股でやってきた。

「桟橋でこんなものをみつけたぞ」

差しだされたのは、津田越前守助広であった。

父の形見でもある愛刀を腰に差すと、ずっしりとした重みに腰がふらつく。

「ふはっ、自分の差料《さしりよう》が重いとみえる」

坂巻は太鼓腹を突きだして嗤い、ほかの連中もつられて嗤った。

手柄を逸したにもかかわらず、鬱々とした雰囲気は微塵もない。

「よし、役宅に戻って酒盛りだ」

由良の提案に、ほかの連中も能天気に賛同する。

これでよいのだろうかと、運四郎はおもった。

因幡小僧と贋銀づくりの関わりは判然とせず、いまだ悪事の筋書きはみえてこない。

救ってくれた相手の正体もわからぬままなのだ。

「下手な考え休むに似たり。無い頭で考えるな」

由良が笑いながら囁きかけてくる。

「物事はなるようにしかならぬ」

そもそも、自分を崖っぷちに追いこんだ張本人のことばが、不思議と腑に落ちてしまう。

運四郎はふたたび、船上の人となった。

川面は曙光に煌めき、都鳥が群れをなして飛んでいる。

冷たい風に吹かれていると、鉛弾に剔《えぐ》られた肩の痛みが甦ってきた。

「くそっ、増力め」

静かな川面に向かって、運四郎は口惜しげに吐きすてた。

武士《もののふ》の誇り

一

江戸に初雪が降った。

武家では南瓜《かぼちゃ》を煮て食べ、据え風呂のある家では柚子湯に浸かった。

役宅のそばで火の手があがったのは、町が寝静まった丑ノ刻（午前二時）あたりである。

火元は午（南）の方角、風は辰巳（南東）に吹いていた。

炎の向かうさきには、紀州家の上屋敷がある。

風向きが子（北）の方角に変われば、坂巻讃岐守の役宅がある平川町一帯は焼け野原と化していたことだろう。

幸い風向きは変わらず、明け方に火は消しとめられた。

町火消しと大名火消しと定《じょう》火消し、あらゆる火消しが挙《こぞ》って動員され、功を競ったからでもあった。

徳川宗家の母体でもある紀州屋敷を、何としてでも守りぬく。

幕府の沽券《こけん》にも関わる重大事だけに、陣頭指揮を執る者たちは必死だった。

筒二十四の面々も馳せ参じ、逃げまどう住民たちを馬場や御用地へ避難させた。

もちろん、火盗改として為すべき本来の役目は火事の原因を調べることである。

火付けならば、賊を捕らえねばならない。

凶兆を思わせるように、どす黒い雪雲が垂れこめている。

早朝、運四郎たちはさっそく、火元とおぼしき商家の焼け跡に向かった。

大横町の大路を挟んで南側は一町丸ごと焼失し、随所から灰色の煙があがっている。

紀州屋敷の海鼠塀は黒焦げになり、御殿の一部も焼けてしまったらしい。

だが、風の弱さと寒気のおかげで、延焼は最小限に抑えられたと言ってよかった。

怪我人は出たが、死者は出なかったとも聞いている。

運四郎は焼け跡を隈無く調べ、証拠品となりそうなものを麻袋に入れて役宅へ持ちかえった。

左肩の傷は癒えておらず、薬草を貼ったうえに晒布《さらし》できつく縛っている。

休む気などさらさらなかったが、休んでもよいとは誰も言ってくれず、少しばかり物悲しい気分を味わっていた。

役宅の玄関前には筵が何枚も敷かれ、焼け跡から持ちこまれた物品が並べられた。

召捕り方の連中も、今日ばかりは雁首を揃えている。

ただし、しノ字小平太のすがただけはない。

草履番の弥一によれば、役宅の無事を確かめて去ったという。

小頭にしてみれば、ほかにやるべき重要なことがあるのだ。

運四郎は、そうおもうことにした。

長官の坂巻もふくめて、誰もが疲れきっている。

顔は煤で汚れ、髪も着物も濡れており、眸子は血走っていた。

それでも、どうにかしなければという気持ちは伝わってくる。

少なくとも運四郎は、火事場でみなが結束する絆のようなものを感じていた。

崖っぷちで江戸の町を支えるのは自分たちしかおらず、火盗改としての矜持に衝き動かされて必死に動いているのだとおもう。

「みなの衆、辻番から捨ておけぬ証言を得たぞ」

声を張りあげたのは、由良鎌之介であった。

「丑ノ刻前後、火元から逃げる怪しい人影を目にしたそうだ。そやつ、何と白兎の面をかぶっておったとか」

「因幡小僧か」

「いかにも」

巨漢の熊沢も勝手に喋りだした。

「それがしも聞いたぞ。別の火事騒ぎで白兎をみたというはなしをな。そやつ、裾の短い黒羽織を羽織っておったそうだ」

「町方同心の巻羽織ではないのか」

誰かが興味深い疑念を呈すると、陣笠をかぶったままの勝目がその発言を遮って唾を飛ばす。

「近頃、火付けとおぼしき火事が頻発しておる。因幡小僧が火付けに関わっておるとすれば、目途は何なのか。きゃつらめは強引な手口で盗みを繰りかえしてきたが、火付けだけはせなんだ。手口を変えたとすれば、その理由が知りたい。誰か、筋読みを」

勝目に煽られ、意外な人物が乗りだしてきた。

役所詰めの連中を束ねる与力の仙川撫兵衛である。

いつも苦い顔をしているので「せんぶり」と綽名される仙川は、筵のうえから煤だけの何かを拾いあげ、袖でごしごし拭きはじめた。

どうやら、それは小判のようだ。

山吹色の艶を取りもどした小判を握り、仙川は玄関脇へ向かう。

みなが目で追ったさきには、水を張った蹲踞《つくばい》がしつらえてあった。

仙川は何をおもったか、石でできた蹲踞の角に小判を叩きつける。

――がつっ。

小判は、ふたつに折れた。

誰もが呆気にとられるなか、仙川は淡々と語りはじめる。

「これはご存じのとおり、十五年前から市中で流通しはじめた元文《げんぶん》小判にござる。銀などの混ぜ物が多いので、かように厚ぼったく膨らんでおり、固いものにぶつければ容易に折れてしまう。因幡小僧は選《え》り好みをし、この元文小判には見向きもせなんだ。選りすぐりの大店しか狙わず、蔵から盗むのはいつも享保《きょうほう》小判にほかならぬ」

「なるほど、享保小判か」

膝を打ったのは、坂巻であった。

享保小判は新井《あらい》白石《はくせき》主導のもと、品位と呼ぶ金の含有量を幕初に鋳造された慶長《けいちょう》小判に近づけるべく鋳造された。元文小判とくらべれば二割以上も品位が高いので、豪商たちは交換したり使ったりせず、蔵にせっせと貯めこむ傾向にあった。

仙川は坂巻に了承を得て、さきをつづける。

「今のところ、享保小判が大量に出まわったというはなしは聞きませぬ。因幡小僧もおそらく、盗んだお宝を貯めているものと考えてよかろうかと」

勝目が不満げな声をあげる。

「兇悪な盗人が、盗み金を使わずに貯めるのか。何やら、腑に落ちぬな。しからば仙川どの、享保小判を貯める目途とは」

「為替《かわせ》にござる」

「えっ」

銭勘定の苦手な勝目にはわかるまい。

仙川は、さらにつづけた。

「世の中は今、何やらおかしなことになっております。品位の低いはずの元文小判の価値はあがり、上方から江戸へ大量の物品や資材が流れてくるようになった。そこで、町奉行所のほうで調べてみると、夥《おびただ》しい量の贋銀が流通していることがわかりました」

「それは、まことか」

鈍い勝目以外は、薄々感づいていたことだ。

品位の低い通貨は、品位の高い通貨を押しのけて流通する。贋銀が出まわって銀の価値がさがり、金高銀安になれば、江戸の商人たちは為替の差益を得ようとして上方から商品を買う。

「贋銀を市中にばらまいたのが因幡小僧だとすれば、きゃつらめは為替を自在に操っていることになりましょう。なかでも、莫大な儲けが期待できるのは材木にござる」

仙川は言い切った。

金高銀安になれば、たしかに、上方から材木を大量に安く仕入れ、江戸で高く売りさばくことができる。

江戸は火事が多いので、材木は常のように品薄だった。

したがって、江戸に拠点を構える材木問屋はおもしろいように儲かる。

「新興の材木問屋で今もっとも羽振りがよいのは、まちがいなく、野州屋雁右衛門にござりましょう。野州屋が贋銀づくりに関わっているとすれば、とんでもなく大掛かりな悪事をおもいついたと言うしかない。それがしからは、以上にござる」

仙川の筋読みに、感心しない者はいない。

勝目も納得したようにうなずいた。

「一方では品位の高い小判を盗んで貯めこみ、一方では贋銀をせっせと鋳造する。鋳造した贋銀を市中に流せば、盗んだお宝の価値はいっそうあがる」

葛城翼も同調して声をあげた。

「ただ盗むだけではなしに、後々、二倍や三倍に膨らませるところまで、しっかりと考えている。因幡小僧というのは、賢い連中ですね。やはりそうなると、悪党どもにたどりつく突破口は、野州屋になりましょうか」

「木曾屋や勢ノ國屋が襲われた一件からしても、野州屋が因幡小僧とつるんでいるのは想像に難くない。ひょっとしたら、一味なのかもしれぬ。増力とかいう怪物が頭目だとすれば、野州屋は知恵袋というわけだ」

勝目は、どうだと言わんばかりに胸を張る。

たしかに、為替を操って儲けをあげる仕組みなど、盗人の考えつくようなはなしではなかろう。

だが、すべてはいまだ、臆測の域を出ない。

しかも、由良たちの調べによれば、野州屋は今や紀州家の御用達となるべく内示を受けているようだった。紀州家の御墨付きを得た商人の牙城を崩すのが容易でないことくらい、誰もがわかっていることだ。

ここからさきは、どう動けばよいのか。

みなの目は坂巻に集まったが、筒二十四の長官は何もこたえてくれなかった。

二

しんしんと雪の降る夜、運四郎は由良とともに新川河岸の『治兵衛』にやってきた。

四十九日も過ぎておらぬというのに、おらくは見世の灯りを点しつづけている。

「ありがたいはなしではないか」

常連たちは治兵衛を偲び、おらくを元気づけようとして、毎夜のように足を運ぶ。

それがおらくにとっては、唯一の支えとなっているようだった。

皿には鰤《ぶり》大根が盛られ、それとは別に手長海老の串焼きと衣被《きぬかつ》ぎがある。

酒は地物の安酒だが、呑んでしまえばみな同じ、由良はあいかわらず豪快に酒を呑みつづけていた。すでに、二升近くは空けているにちがいない。

ふたりの面前には、萎れた顔の「まごさん」こと野々村孫八が座っていた。

「じつは、役目を辞そうかと」

莫迦なことを言いだしたので、ふたりで説得しようと無理に連れてきたのだ。

「村正の汚名をすすぎたいのは山々だが、密偵を斬った下手人は誰なのか、いまだ真相は藪の中。何やら、はなしが大きゅうなりすぎて、それがしには従いてゆけぬ。しノ字の小頭はそれがしを救うべく、弓二の山際さまと取引をなさったとおもうておったが、どうやら、そうでもなさそうだ。ならば、小頭に義理立てする必要もなかろうし、いつまでものうのうと役宅にとどまっておる理由もない」

由良は溜息を吐いた。

「辞めてどうする。洟垂れどもは、どうやって食わすのだ」

「傘張りでも虫籠作りでも、口を糊《のり》する手立てはあるさ」

「後悔するぞ」

「せぬさ。わしも武士の端くれ、みずから決めたことを悔いはせぬ。むしろ、禄にしがみついて誇りを失うほうが、よほど辛い」

「誇りか。そんなものは屁だ」

「えっ」

「えではない。屁だと申したのだ」

由良は憤然と発し、がぶっと酒を呑む。

運四郎は、はらはらしながら成りゆきを見守った。

「ぶらさげるのは睾丸《きんたま》だけでいい。下手に誇りなんぞをぶらさげておるから、役立たずばかり集まるのだ。そもそも、きれいごとを言うやつは好かぬ。信用できぬ」

由良は真っ赤な顔で吐きすてた。

「上に立つ連中はたいてい、きれいごとを抜かす。捕り方はこうでなければ云々《うんぬん》、武士の誇りがどうの、沽券がどうのと抜かす。生死を賭けているおれたち火盗改に、そんな御託は通用せぬ。それがよくわかってんのが、しノ字小平太だ。その小平太が、おぬしを必要としている。口には出さぬが、辞めてほしくないとおもっている。そんなことくらい、おぬしだってわかっておろうが」

由良はさすがに、呂律《ろれつ》がまわっていない。

ひとりで喋りつづけ、仕舞いには寝てしまった。

野々村が淋しげに笑いかけてくる。

「伊刈よ」

「はっ」

「由良はいいやつだな」

「はあ」

「ちと、辞めづらくなってきた」

「そうですか」

「おぬしはどうおもう」

「由良さまと同じです。天地がひっくり返っても、まごさん……いえ、野々村さまに辞めてほしくはありませぬ」

野々村は迫力に気圧《けお》されたのか、驚いた顔をする。

「それにしても、誰が密偵を殺《や》ったのであろうな」

何故かその問いが、ひとりの人物を想起させた。

弓二の書役与力、柏田宮内である。

何ひとつ根拠はないが、凶賊のもとから命からがら逃れたときも、運四郎は柏田の顔をおもいだしていた。

何故であろう。

柏田と会ったときの記憶を探っていると、野々村に声を掛けられた。

「おい、あやつ、おぬしをじっとみておるぞ」

「えっ」

顎をしゃくられて顔を向け、運四郎は息を呑んだ。

徳三郎が佇んでいる。

行方知れずとなっていた治兵衛の弟が、月代も髭も伸ばした幽鬼のごときすがたで佇んでいるのだ。

「……そ、そうか」

「……あ、ああ」

おらくが気づき、土間にくずおれた。

運四郎は素早く立ちあがり、徳三郎のもとへ身を寄せる。

「おぬし、生きておったのか」

「……は、はい」

常是役所を辞し、女房も捨て、冬ざれの町を当所《あど》もなく彷徨いつづけた。ふと、気づいてみると、目のさきに治兵衛の営んでいた居酒屋の提灯が点っていたのだという。

「……ぜ、ぜんぶ、わたしが悪いんです。兄さんは親代わりになって、わたしを育ててくれた。それなのに、わたしは自分可愛さのために、兄さんを……あ、あんなふうにしてしまった」

おらくは俯《うつぶ》したまま、泣きくずれている。

由良がふいに目を覚まし、手招きしてみせた。

「はなしがあるなら聞いてやる。糞野郎め、こっちへ来い」

運四郎に背中を押され、徳三郎は床几の方へ足を運ぶ。

やにわに、由良の拳が飛んできた。

――ばこっ。

徳三郎はこめかみを撲られ、壁際まで吹っ飛んでしまう。

野々村とふたりで介抱し、どうにか床几に座らせてやった。

「で、治兵衛を殺ったのは誰だ」

間髪を容れず、由良は恫喝口調で質す。

「利介です」

徳三郎は、あきらめたようにこたえた。

「あの日、兄さんは常是役所まで訪ねてきて、身持ちのよくない女房とは別れろと言いました。口論となって帰ったはずなのに、兄さんはどうしたわけか暗くなるまで待ちつづけ、秘かに新川河岸の酒蔵まで尾《つ》けてきたのです」

「そこで、治兵衛は利介をみたのだな」

「はい」

下金を運んできた怪しげな連中をみて、治兵衛は我慢できなくなり、物陰から飛びだして徳三郎を河岸から連れだそうとした。あいだに割ってはいった利介は治兵衛と揉みあいになり、川のなかに治兵衛の顔を押しつけて溺れさせたのだという。

やはり、治兵衛は、おしのという泣きぼくろの女とは面識すらもなかった。

徳三郎も、おしののことは直に知らぬという。

由良は鋭い眼光を投げかけた。

「おしのは、誰が殺めたのだ」

「利介から『炭屋』が殺ったと聞きました」

「誰なんだ、そいつは」

「野州屋雁右衛門の上客だそうです。何でも、紀州さまのご重臣だとか」

由良は酔いが覚めたかのように、きらりと眸子を光らせる。

運四郎も野々村も、ごくっと喉仏を上下させた。

「おぬし、野州屋を知っておるのだな」

「よくは存じません。ただ、下金を集めるために使っていた酒蔵の持ち主というだけで」

「えっ、そうなのか」

うっかり見落としていた。

酒蔵の屋号は丸にやの字、あれは野州屋の屋号だったのだ。

徳三郎によれば、抜け目のない野州屋は酒問屋に蔵を貸すような商売にも手を広げているという。

「すべては、利介に誘われてやったことです。わたしは博奕にのめりこみ、借金をこさえておりました。借金取りは常是役所にも顔を出すようになり、ほとほと困っていたやさき、金になるはなしがあると囁かれたのです」

御法度とわかっていながらも、小金欲しさに下金の横流しに手を染めてしまった。

増力のことは知らなかったが、横流しした下金が贋銀づくりに使われるのは容易に想像できたという。

徳三郎の罪は重い。

だが、それ以上に取り返しがつかぬのは、じつの兄を失ってしまったことだ。

経緯を聞けば、新たな怒りを禁じ得ない。

おしのは一夜の伽《とぎ》をするために向かったさきで亡くなり、屍骸となって利介のもとへ返された。困った利介は浅はかにも、治兵衛とおしのを情死にみせかけることにした。屍骸の片手片足を手拭いで縛ったのは、徳三郎であったという。

やらねば殺すと脅され、手拭いできつく縛ったあと、場所をごまかす目途で荷船に屍骸を乗せ、わざわざ両国橋のそばまで遡り、ほとけになったふたりを川に捨てたのだ。

「どんな罰でも受ける覚悟でございます。嘘を抱えて生きながらえるより、そのほうがどれだけ楽かわかりません。わたしにとっては、もったいない兄さんでした。あのときちゃんと利介に抗っていたら、兄さんは死なずに済んだかもしれない。後悔しております。兄さんではなく、わたしが死ねばよかったんだ」

唐突に、はなしが途切れた。

おらくがあらわれ、玉子粥を置いていったのだ。

徳三郎は震える手で椀を持ち、泣きながら粥を啜りはじめた。

明日になれば町奉行所へ向かい、罪を告白するつもりであろう。

早晩、磔の沙汰が下されるにちがいない。

自業自得と言えばそれまでだが、運四郎は哀れにおもった。

憎むべきは野州屋雁右衛門であり、因幡小僧の頭目とおぼしき増力であり、正体のわからぬ『炭屋』にほかなるまい。

治兵衛やおらくや徳三郎のためにも、この一件からはぜったいに手を引けぬ。

運四郎は決意を新たにしたのである。

三

霜月《しもつき》十六日、二ノ卯。

樽拾いの小童《こわつぱ》が「白兎のおっちゃんから」と言い、文を届けにきた。

――昼八ツ（午後二時）、亀戸御嶽《みたけ》社、ひとりで来い。

と、走り書きで記されている。

午《うま》ノ刻（正午）を過ぎたころのことだ。

運四郎は野州屋の張りこみから戻ってきたばかりであったが、押っ取り刀で役宅を飛びだすや、日本橋川にある鎧の渡しへ向かった。

期待どおり、桟橋には与平次と於菟が渡し客を待っていた。

頼みこんで小舟を出させ、大川、竪川を経由して亀戸まで運んでもらう。

於菟によれば、御嶽社は「亀戸の妙義さま」として親しまれており、亀戸天神の境内に社を構えている。

「祀られているのは、天神さまのお師匠さまなんだよ」

正月初卯は五穀豊穣を祈念する参拝客で長蛇の列になり、餅を枝の先端に刺した「繭《まゆ》玉《だま》」が名物の土産なのだという。

「十二文で雷除けの御符も買えるよ」

御符を髷に挿してひらひらさせるのが、小粋な男女の見せ方らしい。

於菟は何でも知っている。

ことに、流行の風物に詳しく、三座の芝居や吉原の花魁《おいらん》などにも興味を抱いているようだった。町行く娘の扮装を寸評してみせたりするところは、十ほどの娘にしては早すぎるようにおもうが、大人ぶって背伸びをしている様子が可愛らしくもある。

だが、運四郎には、於菟とつかの間の船旅を楽しむ余裕などなかった。

小童の言った「白兎のおっちゃん」とは、因幡小僧のことではあるまいか。

ことによったら、増力と対峙することになるやもしれぬ。

そうおもうと、名状し難い恐怖で全身の肌が粟粒立った。

左肩には晒布を巻いたままだし、まともに闘えるかどうかもわからない。

それでも、助っ人を呼ばずにひとりで来たのは、相手が凶賊や悪党であっても約束を守ろうとする運四郎の律儀さゆえであろう。

ただし、まんがいちのことを考え、与平次に小舟で送ってもらうことにした。

何かあれば、於菟の口を通じて、亀戸天神までの足取りは追うことができよう。

運四郎は凶事がないことを祈りつつ、横十間川に架かる天神橋のたもとから陸にあがったのである。

広い境内を何気なしに歩いていると、繭玉を手にしたり御符を髷に挿した参詣客が多いことに気づかされた。「卯の日は妙義さまの縁日だよ」と教えてくれた於菟のことばをおもいだす。
驚いたのは白兎の面をかぶった者が、ちらほら見受けられることだ。
ほとんどは若い男女で、子供だったりもする。
参道の脇に目をやれば、香具師《やし》が面を売っていた。
参道脇に立てられた棚いっぱいに、白兎の面が並んでいるのだ。
惚けたような顔で佇んでいると、つっと後ろから袖を引かれた。
刀を抜かんばかりに振りむけば、白兎の面をかぶった男が立っている。
「従いてこい」
男はくぐもった声で言い、さきに立って歩きはじめた。
右足を引きずっている。
あっと、運四郎はおもった。
面の相手の正体がわかったのだ。
男は社を通りすぎ、柳島村のほうへ向かう。
横道を進むと、朽ちかけた百姓屋があった。
男は百姓屋のなかにはいり、灯りを点ける。
そして、面を取った。
「柏田宮内さま」
「ふむ、わざわざ足労させて、すまなんだな。されど、こうでもせねば、盗人どもの目はごまかせぬ」

「盗人というのは、因幡小僧のことですね。もしや、柏田さまは」

「さよう、わしは凶賊と内通しておる」

「……ま、まことにござりますか」

そうではないかと勘ぐってはいたが、あらためて告げられると、信じられないおもいでいっぱいになる。

「きっかけは、半年余りまえのことだ。役宅詰めに愛想を尽かしていたわしは、酒に溺れ、博奕にまで手を出しておった。とある雄藩の下屋敷で渡り中間が鉄火場を開帳しておってな、そこでわしは弱法師の才蔵を見掛けたのだ。二十数年ぶりに、取り逃がした兇状持ちに出会《でくわ》したのさ。これを因縁と言わずして、何と言おう。わしは神仏に感謝しつつ、才蔵の背中を尾けた。できれば生け捕りにして、逃げのびた二十数年ものあいだをどうやって過ごしてきたのか、じっくり聞いてやりたくなった」

情婦を住まわせている隠れ家をつきとめ、寝食も忘れて何日も張りこみ、才蔵の行動をじっくり観察しつづけたという。

「才蔵はとんでもない大物になりあがっていた。増力と名を変え、因幡小僧の頭目にまつりあげられておったのだ。わしは興奮した。増力を成敗できれば、大手柄だからな。隠れ家で油断しているところを襲えば、事は成就したかもしれぬ。されど、欲が出た。因幡小僧の全貌をあきらかにし、悪党どもを一網打尽にしたいとおもうた。そのためにどうすればよいか考えたあげく、凶賊の懐中へ飛びこむことに決めたのだ」

増力が使い捨ての用心棒を求めているとわかり、柏田は食いつめ浪人に化けて近づいた。

「増力の信用を得るためなら、何でもやる覚悟を決めていた。ちょうどそのとき、好機となるはなしが持ちあがった。穴の甚六という町方の密偵を斬らねばならぬことになってな、わしは迷わず手をあげ、溜池沿いの桐畑で容易に事をなした。案の定、増力はわしのことなどおぼえておらなんだ。質流れの村正を使えと、増力は命じた。徳川家に仇なす妖刀を使えば、密偵を放った相手は恐れをなすだろうと考えたようでな。おもいがけず、村正が真間での殺しに繋がろうとは、そのときは想像だにしておらなんだわ」

運四郎は我慢できず、問いを差しはさむ。

「真間からの帰路、わたしと野々村さまを襲った白兎は、あなただったのですね」

「さよう、わしだ。痩せ浪人の塩崎勘助を斬ったのもな。増力から命じられておったのだ。塩崎は信用できぬ男ゆえ、口を封じねばならぬとな。まさか、おぬしが追っ手だとはおもわなんだ。堀尾道場で竹刀を交えた仲ゆえ、迷いがなかったと言えば嘘になる。されど、あのときのわしに選ぶ道はひとつしかなかった」

迷いが生じたことで、柏田は常では使わぬ不動金縛りの術を繰りだし、運四郎に逃れる時を与えることとなった。

「おぬしは運がいい。あのとき、小平太が馳せ参じなければ、わしは確実におぬしを斬っていた」

柏田はいくつも踏み絵を踏み、増力の信用を勝ち得ていった。

昼は駿河台の役宅へ通い、夜は鬘《かつら》を付けて凶賊の隠れ家へ向かう。細心の注意を払って、どちらにも正体がばれぬように心懸けたという。火盗改の内情は手に取るようにわかるので、捕り方の裏を掻いた押しこみはかならず成功した。増力にとっては、益々、柏田は手放せなくなっていったのだ。

「あやつは油断のならぬ悪党さ。おぬしも存じておろう、増力は右腕に筒を仕込んでおる。二十数年前、小平太がやつの右手を斬りおとした。その恨みは消えずに燻っておる。押しこんださきに『誅』と額に書いた小平太の似面絵を残しておくのも、恨みを忘れぬためにしたことらしい。やつの望みは、小平太の息の根を止めることだ。それを知ったとき、わしは何故か、強い嫉妬をおぼえた。極悪非道な凶賊からそこまで恨みを買う小平太が、心の底から羨ましいとおもった。ふふ、われながら、よくぞここまでひねくれてしまったものさ」

運四郎は怒りの籠もった眸子を向ける。

「小頭に助けを求めぬのは、ひねくれた矜持からでござりますか」

「そうかもしれぬ。おぬしにも聞いたな。一人前の火盗改になるために、もっとも必要なものは何かと」

「柏田さまはそのとき、矜持とおこたえになりました。『どのような立場に置かれていても、この身がお上の屋台骨を支えているという誇りなくして、火盗改のお役目はつとまらぬ。極悪非道な凶賊どもと命懸けで闘うことなどできぬ。そうではないか』と、それがしに問われました」

「あのときのおぬしの目が忘れられぬ。まっすぐな目をしておった。遥かむかしにわしが失った本物の矜持を、おぬしなら抱いてくれるのではないかと確信した。それゆえかもしれぬ。関屋里の鶏小屋からおぬしを救ったのも、今日こうして呼びつけたのも、あの目をみたからにちがいない」

柏田の口調は淡々としていたが、目は少し潤んでいるようにみえた。

「鶏小屋から、おぬしは自力で逃げた。増力は、そうおもっておる。下金屋の利介が死んだのは、贋銀の一部をちょろまかして使ったからだ。贋銀づくりにも目途が立ったところであったし、利介は用無しになったとみなされた」

「贋銀を市中にばらまいて金高銀安を導き、為替の差益を利用して上方から大量の材木を仕入れて大儲けをする。それが、増力の描いた絵なのでござりますか」

「絵を描いたのは、野州屋だ。すでにわかっておるとおもうが、野州屋雁右衛門も因幡小僧の一味でな。当然のごとく成敗せねばならぬ相手だし、今なら、増力と野州屋を亡き者にできるかもしれぬ。されど、わしがそうせぬのは、あやつらの背後に巨悪の影をみたからだ」

「巨悪の影」

「さよう。凶賊とともに、何としてでも成敗せねばならぬ相手がおる。なれど、巨悪の全容を摑むのはなかなか難しゅうてな、深く踏みこもうとすれば、増力に勘づかれる恐れもある。そこで、おぬしを呼んだ。ひと肌脱いでもらいたい」

「ひと肌脱ぐとは何ですか」

「こっちへ来い」

柏田は裏木戸を抜け、厩《うまや》らしき小屋の扉を開けた。

「あっ」

うらぶれた風体の浪人者がひとり、柱に後ろ手で縛られている。

「気を失っておる。痛めつけておいたゆえ、抗う気力は残っておるまい」

「誰なのですか」

「寛永寺御参拝のおり、家重公を襲った浪人どもの生き残りだ」

「えっ」

「おそらく、唯一の生き残りであろう。そやつを尋問すれば、上様を襲撃させたからくりの一端がわかるやもしれぬ」

「今、襲撃させたと仰いましたな」

「ふむ、それしか考えられまい。恐れ多くも、何者かが家重公謀殺の意図をもって、食いつめ浪人どもを駆りたてたのだ」

「もしや、巨悪と関わりがあるのでしょうか」

「わからぬ。少なくとも、今のところはな。ともあれ、そやつを尋問してみろ。何か出てくれれば、坂巻さまの手柄にできるかもしれぬ」

運四郎は首をかしげる。

「手柄は、柏田さまのものにござりましょう」

「わしのことは誰にも言うな、小平太にもな。それだけは約束だ」

「そんな」

「下手に動かれたら、わしの命が危うくなる」

「承知しました。されど、何故、阿部さまではなく、坂巻さまにだいじな証人をお預けになるのですか」

「おぬしの上役だからさ。おぬしは上様をお助けし、褒美まで賜った。万にひとつもないほどの幸運を引きあてたようなものだ。その運に賭けてみようとおもった。それに、阿部式部之丞は好かぬ。あやつに虚仮《こけ》にされたせいで、わしの性根は捻じまがったようなものだ。ふふ、このくらいでよかろう。ちと、喋り疲れたわい」

運四郎も肩の力を抜き、柏田の顔をみつめた。

「これから、どうされるおつもりですか」

「今までどおり、昼は役宅に通い、夜は凶賊の一味として闇に潜る」

「ならば、巨悪の全容が判明したあかつきには、どうなさるのですか」

「さあな、そこまでの考えはおよんでおらぬ。されど、けじめはつけねばなるまい」

「そうだ。わしが内通したせいで、多くの罪なき者が命を落とした。勢ノ國屋の押しこみでは、弓二の同心ふたりも殺められておる。わしがけじめをつけねば、逝った者たちは浮かばれまい」

「けじめ」

運四郎は唇をへの字にさせ、ひとことも発することができなかった。

柏田はふっと笑みを浮かべ、右足を引きずりながら擦れちがう。

擦れちがいざま、軽く胸にぶつかってきた。

ふいに近づかれたので、避けようもない。

「おぬしは、今死んだ」

「えっ」

「千枚通しで胸を貫かれた。ふふ、無外流の秘技、鬼之《おにの》爪《つめ》だ。おぬし、左手が使えぬのであろう。ならば、いざというとき、役に立つかもしれぬとおもうてな」

「お教えくださされたのですか」

「間合いと足の運びはわかったはずだ。あとは入身《いりみ》で迫る際、無心になることができるかどうか。ものにするには鍛錬が要る。相手に抜かせぬ卑怯な手にみえるが、死んだら元も子もない。抜かせぬのも手の内だ。ま、さような技、使わぬにかぎるがな」

柏田は微笑み、外へ出ていってしまう。

浪人者が低く呻いた。

「くそっ、勘弁してくれ」

途轍もなく重い荷を背負わされた気分だ。

ひとりぽつねんと厩に残され、運四郎は途方に暮れるしかなかった。

四

浪人は喋った。

責め苦を与えるまでもなく、役宅のできあがったばかりの白洲に引きずりだされた途端、自分たちは「金を貰ってやったのだ」と告白した。

「由々しきことじゃ」

温厚な坂巻も驚いてみせ、丸毛や勝目は慌てふためいた。

浪人は、こうも言ってのけた。

「金だけでやったのではない。家重では貫目が足りぬ。日の本を背負ってたつ器量があるのは、田安家当主の宗武公をおいてほかには考えられぬ」

自分たちが日々の暮らしに汲々としているのも、徳川家の頂点にある将軍の資質に難があるからだ。小便垂れの将軍を支える幕閣の重臣どもが、幕政を私して私腹を肥やしているからに決まっている。

されば、鶏冠《とさか》をすげかえねばなるまい。家重の命を断つことが手っ取り早い方法であると、浪人は何者かに吹きこまれた台詞を喚《わめ》きたてた。

「焦点となるのは、吹きこんだ者の正体にほかならぬ」

坂巻は緊張の面持ちで発したが、浪人は意外にもその者の名を述べた。

「紀州家の家臣、姫川平之丞」

と、はっきり言ってのけたのである。

「こうしたことは何よりも信用が一番ゆえ、姫川どのの名を聞かねば、いくら金を積まれても首を縦に振ったかどうかはわからぬ。何せ、姫川どのは抜刀組を率いて家重の近くに侍る警固の要ゆえ、万にひとつも失敗りはないものと安易に考えておった。されども先手組の邪魔がはいり、失敗ったあげくに裏切られた。捕まった仲間はことごとく抜刀組に斬りすてられ、わしひとりだけが助かった」

逃げのびることができたのは、咄嗟に厠へ飛びこんだからだという。

「二日二晩、糞だらけになって隠れつづけ、ようやくほとぼりが冷めたころに脱けだしたのだ」

ところが、厠の外へ出るやいなや、何者かに当て身を食らった。気づいてみれば縛りつけられ、使われていない厩のなかに転がされていたらしい。

「当て身を食わせた者の正体は」

坂巻の問いは、運四郎にもおよんだ。

柏田との約束を守って、ここはしらを切りとおすしかない。

あらかじめ心に決めていたので、運四郎は「得体の知れぬ相手から文が届き、参じてみたら厩に浪人がいた」としかこたえなかった。

浪人はひらきなおったのか、自嘲しながら声を張りあげる。

「まさか、引っぱられるさきが火盗改であったとはな。わしは事情《わけ》あって水戸藩を脱藩した身、疾うに人生をあきらめておる。煮るなり焼くなり、好きにしてくれ」

すでに、姫川平之丞が野州屋と通じていることはわかっており、野州屋は因幡小僧の一味であることも、坂巻たちには告げてあった。となれば、柏田の言っていた「巨悪の全容」もおぼろげながら浮かびあがってこようというものだが、何故か、坂巻の顔色は冴えない。

「はたして、浪人の証言が罷《まか》りとおるかどうか」

「罷りとおらぬかもしれぬと仰せですか」

食ってかかったのは、運四郎だけではない。

役宅詰めの同心たちも憤ってみせたが、与力の勝目や仙川も渋い顔を崩さなかった。

「浪人は嘘を吐いていると姫川が主張すれば、それまでになる公算も大きい。自信があったればこそ、みずからの名を堂々と吐いたのであろう。おそらく、姫川の後ろ盾はかなりの大物であるはずだ」

後ろ盾は『炭屋』と呼ばれる人物かもしれぬ。

「この一件を上に持ちこめば、はたして、向こうはどう出てくるか。おそらくは、全力で潰しに掛かってこような。そもそも、紀州家の重臣が凶賊と通じておろうなどと、誰が信じよう」

「物笑いの種をつくるようなものでしょうな」

と、丸毛も同調する。

運四郎は今こそ、しノ字小平太の存念が聞きたかった。

だが、小平太は役宅に居ない。

何処で何をしているのか、誰も知らなかった。

もし、この日に面と向かっていれば、柏田のことを告げていたかもしれず、筒二十四として何らかの方策が生みだされたかもしれない。

しかし、そうはならず、坂巻は難題を抱えこんでしまった。

筒二十四の面々が浪人の処遇を決めかねているあいだにも、市中では毎夜のように火《ひ》札《ふだ》騒ぎが起こっていた。

火札とは「火を付けるぞ」と脅す行為である。

火付けと同等の威力があり、火札を貼られた商家は験を担いで引っ越しの仕度をはじめた。引っ越しすれば、たいていは居抜きでは買い手がつかず、家屋を取り壊して更地にする。そうなるのを見込んで材木を購入しておく商人も多く、材木の値段は鰻登りに高騰していった。

「まさに、因幡小僧の思惑どおりではないか」

運四郎たちは歯軋りをした。

野州屋は晴れて紀州家の御用達となり、今や、一部焼失した紀州屋敷を復旧すべく普請の先頭に立っている。

裏では重臣たちに小判がばらまかれているのであろう。

しかしながら、悪事や不正が表沙汰にされることはなかった。

一方、坂巻讃岐守は浪人の訴えを書状にしたため、しかるべき筋に提出していた。

丸毛以下の配下は固唾を呑んで行方を見守ったが、提出から五日が経過しても何ひとつ返答はない。

六日目になってようやく、若年寄の板倉佐渡守より城中への呼びだしがあった。

あまりに由々しき内容ゆえ、筆頭目付の白鳥図書を紀州家へ使わして一応は照会してみたものの、浪人の訴えは「根も葉もない世迷い言」として一蹴されたという。

板倉はこれを鵜呑みにするばかりか、坂巻を叱責したらしかった。

「ありもせぬ絵空事を信じ、書状にしたためるとは何たる不手際、当面は謹慎を申しつけるゆえ、よくよく頭を冷やすがよい」

坂巻はめげずに、のらりくらりと応じつつ、主張を枉《ま》げずに調べの継続を訴えたが、臍を曲げた板倉が首肯するはずもなく、仕舞いには脇息《きょうそく》を蹴って御用部屋を出ていってしまったという。

なお、だいじな証人となるべき元水戸藩士の浪人は目付筋に引き渡され、即刻、斬首となった。

おそらく、こうした経緯は姫川平之丞も予期していたにちがいない。

運四郎の耳には、悪党どもの高笑いが聞こえてくるかのようだった。

紀州家重臣の圧力によって、将軍襲撃の真相究明ばかりか、因幡小僧の探索さえも、暗礁に乗りあげてしまったのである。

五

霜月二十八日、三ノ卯。

江戸の町は白一色に変わった。

逆襲の狼煙《のろし》をあげたのは、しノ字小平太である。

由良と小倉、熊沢と葛城、そして運四郎と、配下の召捕り方全員を呼びよせ、夜更けの町に網を張った。

狙う獲物は不浄役人、浦上十郎左衛門である。

「今宵は因幡小僧に因む卯の日、あやつはかならず験を担ぎ、火札を貼りにくる。その場で捕らえ、締めあげるのだ」

いつになく厳しい口調で、小平太は五人を叱咤する。

「されど、小頭は何故、北紺屋町《きたこんやちょう》の園田屋《そのだや》を狙うと読まれたのですか。そもそも、浦上はまことに、火札を貼った下手人なのでしょうか」

　質したのは副長格の由良であった。

　小平太と五人の配下は今、呉服をあつかう『園田屋』という大店が眼下に見渡せる鰻屋の二階に潜んでいた。

　もちろん、鰻屋の主人に断ったうえでのことだ。

「今、何刻だ」

「子ノ刻までは、四半刻ほどござります」

　由良が応じると、小平太は面倒臭そうにうなずいた。

「ならば、簡単に説いてやる」

　紙を畳のうえに広げ、筆を取ってさらさら書きだす。

　運四郎は有明行灯を寄せ、よくみえるようにした。

「よし、これでよかろう」

　小平太は勢いよく書きあげ、いったん筆を擱《お》いた。

　紙を眺めてみると、今月になって火札の貼られた町の名と店の名が八つずつ並記されている。

「日本橋伊勢町《いせちょう》の『加納屋《かのうや》』、神田鍋町《なべちょう》の『豊島屋《としまや》』、日本橋長谷川町《はせがわちょう》の『宇津見屋《うつみや》』、神田乗物町《のりものちょう》の『網代屋《あじろや》』、日本橋新材木町《しんざいもくちょう》の『楽屋《らくや》』、芝露月町《ろうげつちょう》の『丹後屋《たんごや》』、日本橋右《う》衛門町《えもんちょう》の『目黒屋《めぐろや》』、神田佐久間町《さくまちょう》の『楠屋《くすのきや》』。これをみて気づくことは」

「日本橋と神田が順番に出てきますね。でも、途中でひとつだけ芝がはいっている」

賢い葛城の指摘に、小平太はうなずいた。

「そこがみそだ。ほかに気づいたことは」

「あっ、火札を貼られたのはいずれも大店ですが、米屋と酒屋と呉服屋に限定されております。しかも、火札の貼られた日付順に、米屋、酒屋、呉服屋、米屋、酒屋、呉服屋と繰りかえされておりますね。となると、九つ目の今宵は呉服屋ということになる。されど、それだけでは園田屋に絞った理由になりません」

葛城は紙と睨めっこをしながら、じっと考えこむ。

運四郎にも、ほかの四人にも、さっぱりわからない。

小平太が口を開いた。

「浦上は南町奉行所のなかでも、とびきり細かいことで知られておるらしい。手順がひとつでもちがえば、機嫌を損ねるほどでな。しかも、異常なほど験を担ぐと聞いた」

由良がうなずく。

「仰るとおり、同じことを浦上本人から聞いたおぼえがござります」

「由良よ、町名の頭を上から言ってみろ」

「はっ。い、な、は、の、し、ろ、う、さ……となりますが」

「気づかぬか」

「えっ」

まっさきに、葛城が気づいた。

「九つ目に『き』の字がはいれば、因幡の白兎となりませぬか」

「そうだ」

濁点のある「ば」に長谷川町を選んでいるので、九つ目の「ぎ」も頭に「き」がつく町名だろう。

「北紺屋町、ここですね」

「ふむ。伊勢町の日本橋からはじまって、神田、日本橋、神田、日本橋ときて、つぎは神田の順番だ。ところが、頭に『ろ』のつく町名は神田にない。日本橋にはある。六軒《ろっけん》町《ちょう》だ。だが、それを選んでしまうと順番が狂う。そこで仕方なく、浦上は芝の露月町を持ってくることにした。順番が狂うよりも、そっちのほうがよかったのだろう。途中で芝に飛べば、捕り方の目線をずらすこともできるしな」

「なるほど、芝のつぎはまた、日本橋、神田とつづく。されど、つぎにくる日本橋には頭に『き』のつく町名が、今浮かぶだけでも三つあります」

葛城のことばに、小平太は笑いながらうなずく。

「北新堀町《きたしんぼりちょう》、北槙町《きたまきちょう》、北紺屋町であろう。わしも同じように浮かんだ。そこで、三つの町のなかから、頭に『そ』のつく呉服屋を探した。すると、北紺屋町の『園田屋』が目に留まったのだ」

「……ま、まさか、店の名にも意味があると」

「頭を一字ずつ読んでみろ」

葛城は命じられ、緊張の面持ちで読みはじめる。

「か、と、う、あ、ら、た、め、く、そ……火盗改、糞」

「そのとおり。それが浦上の偽らざる気持ちなのさ。因幡小僧の頭目に火札を貼れと命じられ、浦上はことば遊びをおもいついた。火札なんぞ、大店であれば何処に貼ろうと同じだからな」

「なるほど、よくもくだらぬことを考えついたものだ」

由良は感心してみせたが、くだらない謎を見事に解いた小頭には敬服するしかない。

小平太は言う。

「浦上は験を担ぐ。子ノ刻にはかならず、表口にあらわれるはずだ。ふん縛ったら、質すことはひとつ、因幡小僧の隠れ家だ。頭目の居場所を、やつはきっと知っている。少なくとも、頭目から報されているはずだ。わかったら、持ち場に散れ。痩せても枯れても、相手は定町廻りだ。簡単な相手ではないぞ。失敗りのないようにな」

五人は念を押され、背筋をぴっと伸ばす。

運四郎はまだ、柏田のことを告げていない。

約束を守るべきかどうか、正直、判断しかねていた。

小平太にみつめられると、おもわず、目を背けてしまう。

葛城までが何かおかしいと察し、心配して囁きかけてきた。

「邪念を抱いてはいけませんよ。寛永寺のことをおもいだしましょう」
家重公を守ったときのことをおもえば、たしかに、勇気が湧いてくる。
柏田のことはいっとき忘れて、今は不浄役人を捕縛することに全力を注ぐしかない。
運四郎はみなといっしょに外へ出て、表口に向かって右端の物陰に潜んだ。
相棒は由良だ。
「わしがふん縛ってみせる」
と、息巻いている。
雪が斑《まだら》に降っていた。
じっとしていると、爪先から凍りついてしまいそうだ。
――ごおん。
子ノ刻を報せる鐘の音が鳴った。
黒羽織を纏った白兎が一匹、辻向こうから足早に近づいてくる。
来た。
胸の裡で快哉を叫ぶ。
白兎は歩きながら、懐中から火札を取りだした。
表口に身を寄せ、迷わずに火札を貼りつける。
朱で「火」と記された薄い木札だ。
裏には膠《にかわ》でも塗ってあるのだろう。

五人の影が背後に迫った。

白兎は気配を感じて振りむく。

「うっ」

逃げられぬと察したのか、面を外し、刀を抜いた。

まちがいない、浦上十郎左衛門だ。

「くそっ、うぬらは何者だ」

「教えてやろう」

由良が一歩踏みだす。

「……か、火盗改か、何でここがわかった」

浦上は狼狽えつつも、闇雲に斬りかかってくる。

運四郎が一刀を受け、得意とする続飯付けに持ちこんだ。

斬りつけた側の刀は、吸いついたかのごとく離れない。

由良が背後から近づき、刀の峰で脳天を叩きつける。

浦上は呆気なく、その場にくずおれてしまった。

後ろ手に縛り、雪のうえに座らせる。

熊沢が活を入れると、浦上は覚醒した。

由良が屈みこみ、顔をぬっと近づける。

「おぬしに聞きたいことはひとつ。因幡小僧の隠れ家を教えろ。ただし、雑魚《ざこ》に用はない。頭目の居場所だ」

「教えたらどうする。千両箱ひとつ貰えんのか。へへ、増力は気前よく渡したぜ。不浄役人が一生掛かっても稼げねえほどの金をなあ。おめえらも金が欲しけりゃ、繋いでやってもいい。おれさまが頼めば、増力も悪いようにゃしねえだろう。さあ、どうする。伸るか反るか、ここが勝負の分かれ目だぜ」

「ふん、よく喋る野郎だな」

熊沢にぺしゃっと頭を叩かれても、浦上はめげない。意地でも喋らぬという顔で、ふんぞり返ってみせる。

と、そこへ、小平太がのっそりあらわれた。

「げっ、しノ字……」

浦上は仰天し、落ちつきをなくす。

「……か、堪忍だ。生き肝を啖うのだけは止めてくれ」

そんな噂が、不浄役人のあいだに流れているのだろうか。

しノ字小平太は身を寄せ、しゅっと脇差を抜いた。

「ひぇっ」

悲鳴をあげる浦上の髷を摑み、稲でも刈るように根本から断つ。

ざんばら髪を振り乱し、浦上はおんおん泣きはじめた。

「……わ、わかった。何でも言うから、恐え顔を近づけねえでくれ」

もはや、ふてぶてしい不浄役人の面影は欠片もない。

ひと睨みされただけで、悪党はみな改悛《かいしゅん》してしまう。

しノ字小平太とは、生き閻魔のようなものなのか。

運四郎はあらためて、小平太の凄さを垣間見たように感じた。

浦上十郎左衛門は、増力が潜伏しているとおぼしき隠れ家の所在を吐いた。

由良は表口に貼られた火札を剝がし、何をするかとおもえば、極刑を待つ身の男の額に火札をぺったり貼りつけた。

六

浦上十郎左衛門は、あきらかに因幡小僧と裏で通じている。

唐突に行方知れずになっては不審を招くので、風邪で寝込んでしまった体を装い、役宅の仮牢に入れた。

おそらく、猶予はあっても一日しかない。

本役の弓二とも内密に策を練りあって、翌日じゅうには手配りを済ませ、晩には隠れ家を急襲する段取りをつけた。

浦上の吐いた隠れ家は、豊島郡《としまぐん》西ヶ原村《にしがはらむら》の百姓屋である。

日光御成道を駒込方面へ向かい、妙義坂を下って谷戸川に架かる立会橋を渡ったさきだった。

「兎に縁のある妙義社がすぐそばにある。信じるに足るところだとおもう」

そう言ったのは、興奮を隠せない弓二与力の山際源兵衛だ。

わざわざ、平川町の役宅まで足を運び、浦上から直に隠れ家の所在を聞いた。

さっそく駿河台の役宅へ戻って配下に出役の仕度をさせると言ったが、配下には直前まで行き先を告げぬようにと、しノ字小平太に釘を刺された。

内通者を懸念してのことである。

吹上宿の轍を踏むわけにはいかない。

「弓二にまた、手柄を譲るのですか」

と、由良や熊沢は食ってかかった。

因幡小僧の人数は浦上もよくわかっておらず、数の多い弓二が主力とならねば、肝心の増力を取り逃がす公算も大きかった。

小平太とて、苦渋の決断をせざるを得なかったにちがいない。

あくまでも、筒二十四は助っ人として参じる。

「失敗ることは許されぬ」

運四郎は懐中に手を入れ、母に授けられた愛宕神社のお守りを握りしめた。

明け方に小休止を与えられたので、由良は麻布我善坊谷の家へ戻っていた。

病がちの妻が寝ずに待っており、温かい味噌汁をつくってくれたらしい。

「業平蜆の味噌汁だ。啜った途端、俄然、やる気が出てきおった。恋女房の力とは不思議なものよ」

由良のめずらしいのろけ話は、ほかの連中を和ませた。

誰が呼んだのか、道具屋の長兵衛も役宅へやってきた。

はなしのわかる坂巻は門を開かせ、道具や酒樽の積まれた大八車を前庭に入れることを許した。

「はい、やってめえりやした。ご存じ、道具屋でごぜえやす」

長兵衛は辻講釈よろしく、立て板に水のごとく口上を述べたてる。

「天下御免の火盗改、筒組二十四番組の皆々さま、ご覧の通りのよりどりみどり、お好きな道具をもってけ泥棒。おっと、こいつはいけねえ。泥棒を捕まえるのが旦那方、江戸を守ってくださるだいじな旦那方を泥棒呼ばわりしちまったら、天罰が下るにきまってる」

このたびは役宅詰めの連中も駆りだされるので、みな、めずらしそうに捕り方道具を眺めている。

書役の猫田が根津を刺股で挟み、柚木は袖搦に自身が搦まってしまう。

仙川までが鎖鎌を握り、分銅鎖をくるくるまわしたりしていた。

「こんな連中、足手まといになるだけだぞ」

熊沢や小倉は溜息を漏らし、葛城に「まあまあ」と宥《なだ》められる。

そこへ、勝手に同心長屋で謹慎していた「まごさん」こと野々村があらわれた。ふくよかな内儀と十五を頭に七人いる子供たちにも手伝わせ、炊きだしの握り飯やら香の物やらを運んでくる。

これにはしノ字小平太も心を動かされたようで、野々村に感謝の意を伝えた。

「おぬしがおらねば、腹が減って戦もできぬ」

「……こ、小頭」

妻子のまえで優しいことばを掛けてもらい、野々村は感激して泣きだしてしまう。

もちろん、このたびは坂巻みずからも出陣する手筈になっていた。

駒込までは二里もないが、早めに到達しておかねばならぬので、駿河台の弓二ともども出立は午ノ刻と定めていた。

やがて、午ノ刻が近づき、筒二十四の面々は役宅の前庭で鬨《とき》の声をあげた。

「えいえい、おう、えいえい、おう」

稀にもないことである。

少なくとも運四郎は、出役ではじめて鬨の声をあげた。

感動に震えていると、そこへ、自分宛に一通の早文が届く。

文に目を通すや、運四郎の顔からさあっと血の気が引いていった。

――誤るな。品川宿の南、立会川沿いの下蛇窪村《しもへびくぼむら》の荒れ寺こそ、弱法師の才蔵の隠れ家にて候。

差出人が誰かは「弱法師の才蔵」という表記でわかった。

増力の二十数年前の名を知っているのは、柏田宮内としノ字小平太だけだ。

運四郎は蒼褪めた顔で近づき、小平太を呼びとめた。

「小頭、申し訳ござりませぬ」

早文を手渡し、その場に土下座をする。

「喋らぬと約束し、今の今まで黙っておりました。凶賊に通じておったのは、柏田さまにござります」

驚いた召捕り方の連中が、どやどや駆けよってくる。

小平太は、少しも動じない。

叱りもせず、静かな口調で言ってのけた。

「浦上は嘘を吐いておらぬ。おそらく、才蔵から偽の隠れ家を言うように仕向けられたのだろう。ふん、才蔵め、悪知恵のまわるやつだ。むかしっから、そうだった」

最初から増力が才蔵であることをわかっていたような口振りだ。

ひょっとしたら、柏田の動きもある程度は察していたのかもしれない。

だが、そのあたりを質しているときではなかった。

小平太は唾を飛ばす。

「小僧、駿河台までひとっ走りだ。山際にだけ、こう伝えろ。信頼のおける者から注進があり、筒二十四は予定を変えて品川の下蛇窪村へ向かうとな」

「……こ、小頭は、柏田さまをお信じになるのですね」

「あたりまえだ。あいつを疑ったことなど、一度もないからな」

「山際さまが予定通り、駒込へ向かうと仰ったらどういたしましょう」

「行けばいい。どっちが当たり籤を引いても恨みっこなし。山際もきっと、そうこたえるはずだ。さあ、行け」

「はっ」

運四郎は立ちあがるや、脱兎のごとく駆けだした。

七

しノ字小平太は、柏田宮内のことを「埋《うず》み火《び》のような人生だ」と漏らした。灰に埋もれながらも、人知れず静かに燃えつづけている。

言い得て妙だなと、運四郎はおもった。

弓二の山際源兵衛は柏田のことばを信用せず、配下を率いて駒込に向かった。

運四郎は気を失うほどの勢いで駆けに駆け、夕刻、品川宿を通りすぎて立会川を渡った。雪は熄《や》んでいたが、川岸は泥濘んでいる。雪交じりの泥にまみれて走り、這々の体で掘っ建て小屋のそばまで行きついた。

「伊刈さま、こっちこっち」

手招きするのは、隼の弥一である。

心配した葛城に命じられ、迎えにきてくれたらしい。

弥一が駿河台まで走ればよかったのにと、詮無いことを考えた。

朽ち果てた掘っ建て小屋が気になる。

「あれは何であろうな」

弥一に聞くと、興味なさそうに「使われていない渡し小屋か何かでしょう」とこたえた。

川岸には小舟も繫がっているようだ。

積んであるのは、古い炭俵であろうか。

「さあ、まいりましょう。ここから、もうすぐですから」

弥一に導かれ、掘っ建て小屋のことは頭から消えた。

川から少し離れると、鴉しか棲んでおらぬような雑木林に出る。

「まわりは田圃だらけです。このあたり一帯を、下蛇窪村というらしいですよ」

春になれば、夥しい蛇が冬眠から目覚めるのだろうか。

名称のとおり、雑木林のあたりは窪地になっており、雪は積もっているものの、じめじめとした感じのするところだった。

捕り方は足跡が残らぬように、おおまわりして道をたどったらしい。

枯れ木に覆われた雑木林の深奥には、村人からも打ち棄てられた荒れ寺があった。

弥一に誘導されなければ、道を誤ったにちがいない。

筒二十四の面々は巧みに荒れ寺を取り囲み、じっと息を潜めていた。

長官の坂巻以下、与力ふたり、同心十人からなる陣容である。

提灯を携えた手甲脚絆《てっこうきゃはん》の小者も二十人ばかり、道具屋の長兵衛が掻き集めた。

小銭目当ての食いっぱぐれ者ばかりだが、御用提灯を並べて賊を圧倒したり、後詰めで逃げ道をふさいだりする壁の役割はできる。

運四郎はしノ字小平太をみつけ、そばへ近づいていった。

山際が駒込に向かったことを告げると、黙ってうなずく。

荒れ寺は閑寂として、咳《しわぶき》ひとつ聞こえてこない。

賊はおるのか。

運四郎は不安になった。

文を寄こした柏田も、ここには居ないようだ。

葛城が携えている帳面には、小平太が口にした金言が書かれている。すべてみせてはもらえぬが、巻頭に記された「火盗改心得之条」には「一に辛抱、二に辛抱、三四がなくて、五に辛抱」とある。

今は誰もが、そういう気分であろう。

次第に雑木林一帯は暗くなり、寒さが一段と増してくる。

「運四郎どの、これを」

葛城が音も無くあらわれ、三つ鉤の十手を渡してくれた。

柄に鮫革の巻かれた一尺五寸の十手を握ると、ずっしりとした重量を感じる。

これこそが役目の重さなのだと、運四郎は気を引き締めた。

夜が更けた。

幸い、空には星がある。

降るほどの星空だ。

見惚れていると、突如、荒れ寺の左右に篝火が点った。

あまりに唐突だったので、あっと声をあげそうになる。

人影が雑木林からひとつふたつとあらわれ、やがて、二十近くもの人影が数珠繫ぎになり、百足《むかで》のように蛇行しながら荒れ寺へ近づいていく。

各々が抱えているのは、千両箱であろう。

やはり、荒れ寺は盗人どもの隠れ家なのだ。

数珠繫ぎの一群は観音扉に吸いこまれ、すぐさま出てきては戻り、出てきては戻りを繰りかえし、どんどん千両箱を運びこむ。

仕舞いに、一群のしんがりから、両肩が瘤のように盛りあがった大男があらわれた。のっしのっしと大股で歩き、荒れ寺のなかへ消えていく。

増力だ。

捕り方一同は緊張する。

「踏みこみますか」

由良が身振り手振りで問うてきた。

「まだだ、まだまだ」

しノ字小平太は首を振り、捕り方のあいだに張りつめた空気が流れる。

襲撃の合図は長官の坂巻ではなく、与力の勝目でもなく、小平太に託されていた。

筒二十四が「しノ字組」と呼ばれているのは、がらくたの寄せ集めどもが時として、しノ字小平太のもとで類い希なる結束力をみせるからにほかならない。運四郎がおもうに、それは手柄をあげたことのない連中にたいする唯一の尊称でもあった。

やがて、荒れ寺のなかから笑い声が聞こえてきた。

どうやら、酒盛りがはじまったらしい。

「乗りこむぞ」

小平太は額の鎖鉢巻きを締めなおし、木陰から身を乗りだした。

捕り方が左右に分かれ、一手は裏手へまわり、あらかじめ定められた位置取りを完了させる。

「それっ」

小平太が走った。

召捕り方の五人がつづく。

直槍《すやり》を提げた小倉又一を先頭に、鎧胴を身につけた熊沢玄蕃と目潰しを手にした葛城翼が駆ける。さらに、南蛮千鳥鉄を担いだ由良鎌之介が追いかけ、三つ鉤十手を握った運四郎がしんがりについた。

小平太は階《きざはし》を二段抜かしで駆けのぼり、観音扉の内へ躍りこむ。

一瞬の静寂のなか、後方の由良が大声を張りあげた。

「火盗改である。天下を騒がす因幡小僧ども、神妙にいたせ」

空気が揺らいだ。

つぎの瞬間、伽藍は蜂の巣を突っついたような騒ぎになった。

「けぇ……っ」

小倉が気合いを発し、抗う賊のひとりを槍先で串刺しにする。

ぶわっと血飛沫が四散し、賊どもは混乱して外へ飛びだした。

「それ、捕らえよ。搦めとれ」

坂巻の采配により、役宅詰めの連中が駆けつける。

尋常ならざる活躍をみせたのは、書役同心の猫田文悟であった。

――眠り猫。

と呼ばれる男は、似面絵を巧みに描くことで重宝がられている。

だが、それだけではなく、居合の達人でもあった。

斬りかかってくる賊どもを、ばっさばっさと斬りふせていく。

ひとり斬るたびに刀を鞘に納め、つぎの相手を抜き際の一刀で斃《たお》していった。

瞠目すべき活躍に役宅詰めの同心たちは喝采を送ったが、伽藍で干戈《かんか》を交える運四郎たちにはわからない。

もはや、乱戦である。

熊沢の振りまわす鉄の八角棒が賊の頭を叩き潰すかとおもえば、由良の南蛮千鳥鉄が賊の喉笛を裂いていく。小倉の抱えた槍の穂先は血脂でぎらつき、葛城などは返り血を頭から浴びて血達磨と化していた。

わずかでも隙をみせた途端、自分が命を失う。

ここは生死の間境、文字どおりの修羅場が目の前にあった。

運四郎は痛めた左肩を庇う余裕もなく、ぶつかってくる賊を斬りつけ、払いのけていった。

「雑魚にかまうな、頭目を狙え」

さきほどから、小平太は声を嗄らしている。

すでに一本目の刀は折れ、賊の刀を奪って闘っていた。

「小頭、床に穴があります」

由良が叫び、穴に飛び降りた。

「くそっ、横穴だ」

あらかじめ、逃走経路を築いていたのだ。

勢ノ國屋のときと同じだと、運四郎はおもった。

はっと何かに気づき、ひとりだけ踵を返す。

「小僧、何処に行く」

小平太が背中に怒鳴りつけてきた。

その声すらも振りきり、運四郎は観音扉の外へ飛びだすや、階のうえから高々と跳躍してみせた。

八

息を弾ませて駆けてきたのは、立会川の川岸にある掘っ建て小屋である。

川面に映った星明かりが、波にゆらゆら揺れていた。

大きな人影がちょうど、小舟に乗ろうとしている。

「待て」

運四郎は叫び、川岸へ走った。

後方から、小平太も駆けてくる。

「早く出せ、出さぬか」

怒鳴っているのは、増力にまちがいなかった。

急かされても、船頭は小舟を出そうとしない。

「てめえ、聞こえねえのか」

増力が小舟のまんなかで立ちあがると、船首に立つ船頭は菅笠をはぐりとった。

「舟を出すわけにはいかぬ」

凛として発したのは、柏田宮内にほかならない。

「てめえ、痩せ浪人か」

「ああ、そうだ。わしは長いあいだ、このときを待っていた」

「何だと」

「弱法師の才蔵、おぬしはおぼえておるまい。おぬしが右手を失ったとき、罠に掛かっていた捕り方のことを」

「まさか、おめえ、あのとき猪の罠に掛かった間抜けなのか」

「そうさ、わしは外道を捕り逃した大間抜けだ。されど、その大間抜けに、おぬしは引導を渡される。積年の恨み、今こそ晴らしてくれようぞ」

柏田は棹を捨て、刀を拾いあげた。

「ふん」

踏みこんだ瞬間、小舟がぐらりと揺れる。

鋭く突きだされた刀の切っ先は、増力の左胸に刺さっていた。

が、わずかに急所は外れている。

「死にやがれ」

増力が吼える。

刹那、右手が火を噴いた。
「ぬわっ」
柏田は吹っ飛び、川に投げだされる。
——ばしゃっ。
水飛沫が舞いあがった。
運四郎は我に返り、舷《ふなばた》へ駆けよる。
棒杭を蹴りつけ、はっとばかりに跳んだ。
二間余りも跳躍し、中空で刀を抜きはなつ。
「小僧め」
増力も左手で段平を抜き、鋭利な先端を振りむけてくる。
運四郎は白刃を巧みに躱し、上段から刀を振りおろした。
——ばすっ。
段平を握った左腕が、ぼそっと船板に落ちる。
太い幹のような腕だ。
が、増力は覇気を失っていない。
前歯を剝きだし、何と嚙みついてきた。
「ぬうっ」
運四郎は首筋を嚙まれ、気が遠くなりかける。

それも一瞬のことだ。

しノ字小平太が鬼の形相で迫った。

「あっ、しノ字」

増力が叫ぶ。

極悪非道な頭目の発した最期のことばだ。

「ふん」

小平太の繰りだした一刀は、増力の首を刎ねていた。

生首は山なりの弧を描いて川に落ち、首無し胴は海老反りの恰好でくずれおちる。

小平太は小舟から飛びおり、少し離れた汀に向かって駆けた。

由良たちも追いつき、川に落ちた柏田宮内を引きあげている。

「おい、宮内。起きろ、宮内」

小平太が頰を張ると、柏田は瞼を開けた。

「……こ、小平太か」

「ああ、わしだ」

小平太は汀に座り、柏田を膝のうえに抱えこむ。

「……わ、わしを衝き動かしたのは……い、意地だ……お、おぬしにだけは……ま、負けとうなかった」

「もう喋るな。おぬしはようやった。たったひとりで、ようここまで闘った。誇りにおもうぞ。おぬしは、武士の鑑だ」
「……お、おちょくるな」
柏田は力無く微笑み、目を瞑《つぶ》ろうとする。
「待て、わしと闘わずに逝くな」
「……こ、これも宿命……あ、あとは頼む」
小平太の胸で、柏田はこときれた。
脇腹には、大きな風穴が開いている。
弛んだ懐中から、帳面が落ちてきた。
野州屋から入手した裏帳簿か何かであろう。
ぎゅっと、運四郎は奥歯を噛みしめた。
まだ、すべてが終わったわけではない。
――ほっ、ほっ、ほっ。
聞こえてくるのは、梟の啼き声であろうか。
水面にきらめく星屑《ほしくず》は、涙の欠片にちがいない。
筒二十四の面々は、じっと祈りを捧げている。
柏田宮内がやり遂げたかったことを、運四郎は受けつがねばならぬとおもった。

九

師走になった。

商人に化けた悪党は生きのび、いっそう勢いを増している。

野州屋雁右衛門とは狼に衣を着せたような男で、上辺は善人そうにみえるが、底の知れない腹黒さを秘めていた。

柏田宮内の遺した帳面は「裏帳簿」の写しで、凶賊が今までに盗んだ享保小判の額と鋳造して市中にばらまかれた贋銀の額が日付ごとに記されていた。とんでもない額である。なかでも注目すべきは、野州屋から『炭屋』と呼ばれる紀州家の重臣に流れた賄賂の額だった。

今年だけで何と、それは一万両近くにのぼっている。『炭屋』のみならず、幕閣や田安家などにも賄賂は贈られており、写しを読めば野州屋の抜け目ないやり口が一目瞭然となった。

いずれにしろ、よくぞここまで調べたというべき内容だが、この帳面だけで『炭屋』を裁くことは難しい。

身分の高い者なら、少なからず商人から賄賂を貰っている。

白洲で裁くためには、将軍襲撃の確乎とした証拠が必要だった。

ただ、帳面から『炭屋』の正体が判明した。

――曾ヶ端監物《そがはたけんもつ》
紀州家の中老である。

金柑頭《きんかんあたま》の肥えた五十男で、猪のように鼻息が荒いという。

姫川平之丞は曾ヶ端の懐刀として暗躍し、いつのまにか物頭《ものがしら》に出世していた。

公方家重の警固役まで任された剣客が、野州屋との橋渡し役をやっているのだ。

しかも、家重謀殺の陰謀を企てた疑いを持たれている。

黒幕が曾ヶ端であることは想像に難くないが、下手に動けば返り討ちに遭うことは目にみえていた。それだけの大物である。格で言えば、先手頭あたりとはくらべものにならない。

ともあれ、曾ヶ端には姫川を介して一万両近くの賄賂が流れている。しかも、すべて品位の高い享保小判であった。

まずは、何としてでも、金の流れを止めねばなるまい。

しノ字小平太の率いる召捕り方は三手に分かれ、野州屋という獲物を狩りに大川へ繰りだした。

五人が二艘のうろうろ舟に分乗し、一艘の屋形船を追っている。

雪見のために貸し切られた屋形船には、主催する野州屋雁右衛門と奉公人たちにくわえて、華やかな芸者衆や囃子方が乗りこんでいた。

箱崎の桟橋を離れた屋形船は新大橋を背にしつつ、上流へのんびりと遡っているところだ。

やがて、三味線の音色が三上がり調子で賑やかに聞こえてきた。

二艘のうろうろ舟が水脈を避けるように、左右斜め後方から迫っていった。

うろうろ舟とは食べ物などを売る小舟のことで、金持ちの乗る屋形船などに小判鮫のように近づく。夏の花火見物などでは川を埋めつくすほどになるが、さすがに冬場は少ない。それでも、今日のようによく晴れた冬日和《ふゆびより》には、随所に浮かんでいるのがみえた。

「野州屋の屋形船には、御座敷天麩羅《おざしきてんぷら》がしつらえてあるらしいぞ」

同乗する由良が、棹を巧みに操りながら言った。

艫で艪を握る運四郎は、首を捻ってみせる。

「天麩羅とは何ですか」

「知らぬのか。内海で釣った新鮮な鱚《きす》や烏賊《いか》なんぞに衣を付け、高温の油で揚げたそばから啖うのだ。美味いぞ。これ以上の贅沢はなかろうな」

「羨ましいかぎりですね」

「しかも、きれいどころを侍らせやがって。野州屋め、許せぬやつだ」

「されど、生け捕りにしろとの命にございます」

「詮方あるまい。黒幕の化けの皮を剝がねばなるまいからな」

御三家の御用達になった商人の証言が得られれば、さすがに幕府の大目付や目付も黙って見過ごすことはできまい。野州屋を捕らえるのは、責め苦を与えて裏で繋がる連中の悪事を吐かせるためのものだった。

屋形船の大きな尻がみえてくる。

水脈を挟んで墨堤側からも、うろうろ舟が近づいてきた。

そちらには、しノ字小平太と葛城と小倉が乗りこんでいる。

巨漢の熊沢は重すぎるので舟に乗せてもらえず、三手目として別の役割を与えられていた。

火盗改は町方と異なり、手荒なやり口で知られている。

まさに、今からやろうとしていることがそれだった。

由良は先端に鉤の手がついた長い棒を取りだす。

「こいつを船縁に引っかけたら、おぬしはすぐに乗り移るのだ」

「かしこまりました」

「最初《はな》は物売りの口上を述べたて、相手の気を引くからな」

「はい」

屋形船の舷に迫った。

下から見上げるとかなりの高さがあり、頭がくらくらする。

「帆立《ほたて》はいかがかな。新鮮な鱚もござんすよ。御座敷天麩羅の旦那方、三尾八文でいかがかな」

「うるさい、去《い》ね」

奉公人とはおもえぬ人相の連中が、座敷の内から顔を出す。

反対側からも、小倉の声が掛かった。

「こっちのほうが安いよ。五尾で八文じゃ」

「だから、いらぬと言うておろう」

奉公人が小倉のほうへ顔を向ける。

由良が隙をみて、がつっと棒の鉤の手を引っかけた。

合図だ。

運四郎は反動をつけ、はっとばかりに跳躍する。

屋形船の船縁から内に身を落とし、腰の刀を抜きはなった。

由良は奉公人の襟を摑んで川へ落とし、みずからも乗りこんでくる。

反対側からも、しノ字小平太以下の三人が乗り移ってきた。

異変を察した幇間は慌てふためき、絞められた鶏のような悲鳴をあげる。

「ひゃああ」

奉公人や船頭たちが匕首《あいくち》を抜き、有無を言わさずに斬りつけてきた。

やはり、尋常な連中ではない。

盗人どもなのだ。

しかし、運四郎たちの敵ではなかった。

瞬く間にひとり残らず成敗され、野州屋だけが残った。

芸者たちは艫に逃げてきたが、ひとりだけ逃げおくれた芸者が手首を掴まれる。

「ひぇっ」

野州屋は芸者を羽交い締めにし、匕首の刃を白い首筋にあてがった。

手慣れている。商人にはできぬ手際だ。

船頭の居ない屋形船は上流へ戻る潮の流れに乗って悠々と川を遡り、両国橋を指呼《しこ》のうちに置いていた。

「へへ、てめえら、頭目を殺った火盗改だな。おれは増力に替わって、因幡小僧を仕切る。てめえらの言いなりになんぞ、ならねえぜ」

「そいつはどうかな」

しノ字小平太が、自信満々にうそぶいた。

「おっと、おめえがしノ字か。噂に違わず、凄まじい顔の傷だな。増力は手下どもに言っていた。しノ字小平太を殺ったら、千両箱一個くれてやるとな。へへ、千両首になった気分はどうだ、嬉しいか」

「御託を並べるのも、ほどほどにしておけ」

「うるせえ」

野州屋は怒鳴り、匕首を握りなおす。

ちょうどそのとき、屋形船は両国橋の下を潜りぬけた。

一瞬だけ翳り、すぐに陽が射しこんでくる。

そのときだった。

獣のような雄叫びとともに、空から黒いかたまりが落ちてきた。

「うおおお」

熊沢玄蕃である。

待ちかまえていた橋の欄干から、屋根に向かって飛びおりたのだ。

まるで、鉄の玉が落ちてきたようだった。

――どどん。

雷鳴とともに、粉塵が濛々と舞いあがる。

屋形船の屋根が粉々に壊れ、瓦礫と埃をかぶった野州屋が片隅にへたりこんだ。

芸者は自力で逃げのび、こちらの手の内にある。

熊沢が痛めた尻を擦り、起きあがろうとした。

「近づくんじゃねえ」

野州屋が叫ぶ。

みずからの喉もとに、匕首の先端をあてがった。

「へへ、おめえらは本物の悪党に近づけねえぜ」

「待て、悪党の正体を教えてくれれば、悪いようにはせぬ」

小平太のことばを、野州屋は鼻で笑った。

「ふん、火盗改なんぞ糞食らえだ。あばよ」

野州屋は躊躇いもせず、喉を刺しぬいた。

「ちっ」

由良が舌打ちをする。

「悪党め、糞意地をみせやがって」

因幡小僧は消滅したが、巨悪を釣りあげるための生き証人も消えた。

火盗改としては、ここまでが限界なのかもしれない。

運四郎もふくめて、配下五人の顔色は冴えない。

一方、しノ字小平太の顔からは、わずかの感情も読みとることができなかった。

十

野州屋雁右衛門はこの世から消えた。

莫大な身代は差し押さえられ、幕府の預かりとなる。

闕所物奉行《けつしよもの》に先駆けて、筒二十四の面々は隠れ家のひとつに踏みこんだ。

紀州家の大物と繋がる端緒を探したのだ。

小平太の指図で隠れ家に踏みこむや、運四郎は眸子を瞠った。

部屋いっぱいに、刀剣がずらりと並べられている。

しかも驚くべきことに、茎《なかご》の銘はすべて村正であった。

調べてみると、紀州家の『炭屋』と呼ばれる曾ヶ端監物は、道楽で数多くの刀剣を蒐集していた。出入りの骨董屋を脅して聞きだしたはなしによれば、刀剣のなかでも徳川家に仇なす妖刀の村正を秘かに集めているという。

野州屋の隠し部屋からみつかった村正は、おそらく、曾ヶ端に贈られるものだったにちがいない。

「許せぬやつだな」

運四郎は憤りを新たにしたが、坂巻が動こうとするまえに相手は先手を打ってきた。

筆頭目付の白鳥図書が、わざわざ平川町の役宅へやってきたのだ。

「自重せよ」

ひとこと、それだけを言うために裃姿であらわれ、早々に去っていった。

野州屋との繋がりを探っていると察し、曾ヶ端が裏から手をまわしたのだろう。

ひょっとすると、白鳥にも野州屋から賄賂が贈られていたのかもしれなかった。

裏を勘ぐりたくなるほどの慌ただしさである。

だが、筆頭目付に釘を刺された以上、坂巻に抗えというのは酷なはなしだ。

先手組のひとつやふたつ、白鳥が若年寄の板倉佐渡守に上申すれば、いつでも潰すことができるのである。

白鳥は去り際、火盗改の役目を返上するなら取りつぐとも言ったらしい。

なるほど、坂巻は紅葉山での御目見得の折、因幡小僧を成敗したあかつきには火盗改の任を解いていただけぬかと願った。そのことを、白鳥はおぼえていたのだ。

坂巻は「さようなことを言上したおぼえはない。忘れ申した」と、お得意の惚け顔で応じたという。

運四郎は人伝に経緯を聞き、ほっと安堵の溜息を吐いた。

当初はあれほど嫌っていた火盗改の役目を、何故か今は天職と感じはじめている。しかも、がらくたのできそこないばかりを集めたと揶揄される筒二十四が、自分にとっては居心地の良い場所になりつつあった。

されど、ぬるま湯にのんびりと浸かっているわけにはいかぬ。

運四郎は人知れず、鍛錬をはじめていた。

——鬼之爪。

と称する奥義の鍛錬である。

柏田宮内のやり遂げたかったことを、受けつがねばならぬ。

立会川の汀で胸に誓った約束を、どうしても果たしたかった。

命を賭してでも、巨悪を成敗する。

さんざん甘い汁を吸い、凶賊亡きあとも、のうのうとしている。

秘かに調べてみると、曾ヶ端監物は夜ごと女郎を別宅に通わせ、邪淫《じゃいん》に耽《ふけ》っているようだった。手配をするのは、姫川平之丞の役目だ。小野派一刀流の免許皆伝である。物腰から推せば、尋常ならざる手練であることはあきらかだが、姫川という堅固な盾を砕かぬかぎり、曾ヶ端にはたどりつけない。

運四郎は姫川を亡き者にするべく、鬼之爪の鍛錬を繰りかえした。

好機が訪れたのは師走十日、斑に雪の降る夕方のことである。

曾ヶ端主従が火災から復旧途上の大横町を見舞うため、紀州家の上屋敷から外へ出てきたとの報がはいった。

役宅に待機していた運四郎はそっと脱けだし、目と鼻の先の大横町へ向かった。

帰路に就く頃合いをみはからって待ちぶせ、一気にけりをつける。

後先のことなど考えられなかった。

失敗ったときは、その場で腹を切るつもりでいる。

素姓がばれたら、筒二十四に迷惑が掛かるにきまっていた。

しかし、そこまで案ずる余裕もないまま、大横町の往来までやってきた。

焼け跡には何度も足を運んだが、復旧はいっこうに進まず、一帯は雪にすっぽり覆われている。

紀州家の重臣が見舞いに訪れたとて、喜ぶ者もいなかった。

それでも、世間に威信を誇示するかのように、曾ヶ端を乗せた権門駕籠は堂々と雪道を戻ってくる。

供揃えもそれなりのもので、駕籠の脇には姫川のすがたもちゃんとあった。

ひとりだけ柄袋《つかぶくろ》を外しているのは、いざというときに即応する剣客の心得というものだろう。

沿道には物売りがちらほらおり、駕籠の行列が通りすぎるまで平伏さねばならなかった。運四郎もかねて用意していた町人の着物を纏い、簪《かんざし》などの小間物を売る行商に化けている。

もちろん、腰に二刀はない。

懐中に忍ばせているのは、先端を鑢《やすり》で磨いて尖らせた銀の簪だった。

機会は一度きり、ひと呼吸で事を成し遂げねばならない。

権門駕籠が近づいてくる。

幸運にも、降りしきる雪が視界を妨げていた。

姫川の草履足が、目の前をひたひたと通りすぎる。

運四郎はふわりと立ちあがり、影のように迫った。

気配を察し、姫川が振りむく。

「ふん」

入身で踏みこみ、左胸めがけて簪を突きだした。

――ぐさっ。

肉を刺す感触はあった。

が、つぎの瞬間、刀の柄頭が突きあげられる。

「うっ」

鳩尾を突かれ、息が詰まった。

「狼藉者《ろうぜきもの》め」

姫川が左胸に刺さった簪を抜き、その場に投げすてる。

胸に血は滲んだものの、心ノ臓まで届いていない。

運四郎は、がくっと両膝をついた。

姫川は刀を抜きはなち、地擦《じず》りの青眼に構える。

「誰の指図だ」

問われても、喋ることができなかった。

「喋らぬつもりなら、地獄へ逝け」

白刃が鈍い光を放つ。

と、そのとき。

背後に別の人影があらわれた。

「指図したのは、わしだ」

天の声か。

もちろん、声の主はわかっている。

しノ字小平太だ。

菅笠を目深にかぶり、滑るように駆けてくる。

「小癪《こしゃく》な」

姫川は両脚を開き、刀を真横に構えなおす。

小平太は刀を抜き、運四郎の頭上を飛びこえた。

「うりゃ……っ」

姫川は低く踏みこみ、突きを見舞ってくる。

小平太は胸先一寸で躱し、間隙を逃さない。

「ぬげっ」

雪上に鮮血が散った。

振りぬいた一刀は、姫川の右小手を落としている。

背後の供らは狼狽え、柄袋を外すこともできない。

権門駕籠を担ぐ陸尺は、疾うに逃げたあとだった。

置き去りにされた駕籠へ、小平太は素早く迫った。

菅笠を外し、横開きの戸を乱暴に開く。

ぬっと、顔を突っこんだ。

「うひゃっ」

曾ヶ端とおぼしき者の悲鳴が響いた。

脅えきった重臣の金柑頭だけがみえる。

「てめえが炭屋か」

小平太の声が聞こえてきた。

「挨拶代わりに、ようくこの顔をおぼえておけ」

「ひぇっ」

悪党を生かした意図はわからない。

坂巻に火の粉がおよぶのを避けたのであろうか。

駕籠のそばでは、蒼白な顔の姫川平之丞が左手で脇差を握り、懸命に腹を切ろうとしている。

「……だ、誰か、誰か、介錯《かいしゃく》を」

運四郎は瞬きもせず、一部始終を刮目しつづけた。

「さあ、参るぞ」

小平太に促され、ようやく腰をあげる。

誰ひとり、追ってくる者はいなかった。

十一

火盗改から内通者が出たことは、幕府の沽券に関わるという理由から「口外無用」とされた。兇悪な因幡小僧を壊滅させ、弓二をはじめて出しぬいた。と、おもったのもつかのま、筒二十四の手柄は掌から擦り抜けてしまったのである。

「詮方あるまい。おぬしらはようやった」

坂巻の発したことばは、みなを意気消沈させたにすぎない。

師走十三日は大掃除、役宅では掃除を一斉におこなったのち、各々が四尺五寸角の大座布団に座り、五升餅をぺろりと平らげた。さらに、与力の「かつかつ」こと勝目勝之進をみなで胴上げし、宙高く放ってから床に落としてやった。それで鬱憤晴らしになれば、勝目にも使い道はあるというものだ。

「でぇこ、でぇこ」

辻向こうから、大根売りの声が聞こえている。

夕刻、運四郎は筑土八幡そばの堀尾道場に向かった。

久しぶりに訪れてみると、門弟たちの活気が外まで伝わってくる。

門を潜ると、庭に咲く真紅の寒椿が目に飛びこんできた。

花首からぼそっと落花するさまが落ちる首に似ているので、武家は庭に椿を植えない。

道場主の一風斎は、そうしたことに無頓着だった。

花はただ美しい。それでよいではないかと、高らかに嗤う。

武張らずに自然に身を委ねる気風が自分にも合っていると、運四郎はおもう。

小夏が目敏く運四郎をみつけ、汗まみれの顔で駆けてきた。

「運四郎、生きておったか」

朗らかに言われ、忘れていた喜びが衝きあげてくる。

「稽古をするぞ、早う来い」

「よし」

板の間にあがると、竹刀を手渡された。

防具を着ける間もなく、いきなり小夏は打ちこんでくる。

「やっ」

負傷した左肩に痛みをおぼえ、片手で受けるや、双方ともに体勢を崩し、小夏と抱きあう恰好になった。

息が掛かるほどの間合いで向きあうと、娘の顔が真っ赤になる。

小夏は我に返り、ぱっと身を離した。

「なっ、なんじゃ、おぬしは左手を使えぬのか」

「鉛弾で剔《えぐ》られたのさ」

「鉛弾」

「凶賊の頭目に筒で撃たれたのよ。ふふ、驚いたか」

「驚かぬわ。肩が痛いなどと、泣き言を言わせぬぞ」

小夏は涙目になり、闇雲に竹刀を叩きつけてくる。

背後から娘の腕を摑んだのは、父の一風斎であった。

「小夏、気が乱れておるぞ。井戸端で頭でも冷やしてこい」

「はい」

小夏が去るのを見届け、一風斎は静かに語りかけてきた。

「朝鍛夕練《ちょうたんせきれん》してみれば、おのずから兵法の道にあう。剣豪宮本武蔵のことばじゃ。還暦を過ぎて逝くまでに数々の修羅場を踏み、実践のなかでおのれの剣を磨いた。板の間でいくら稽古を重ねても、生死を賭けた修羅場で培うものにはおよばぬ。おぬしは火盗改の役に就き、なるほど、わしや小夏ができぬ経験を積んでおる。そのことの善し悪しを言いたいのではない。ただ、生死を賭けて闘わねばならぬ者の立ち姿が、あまりに悲しく哀れにみえてのう。おぬしを修羅場へ追いやった責めを、わしは少なからず感じておる」

「何を仰せです。火盗改ほど、遣り甲斐のある役目はござりませぬ。先生にはいくら感謝しても足りぬほどにござります」

「さように言うてもらえるだけでも、少しは肩の荷も軽くなるというものじゃ。そう言えば、弓二の柏田宮内どのは壮絶な最期を遂げたらしいのう」

「はい、小頭に看取られたのが、せめてもの救いかと」

「さようか。じつは、柏田どのが残していかれたことばがあってのう」

運四郎は背筋を伸ばす。

「それは、どのような」

「生《しょう》きたらばただこれ生、滅《めつ》きたらばこれ滅に向かいて仕うべし。厭《いと》うことなかれ、願うことなかれ……生も死も力まずに迎えいれよ、という道元の教えじゃ。柏田どのは悟っておられたのやもしれぬ。みずからの宿命をのう」

　一風斎の言うとおりだ。

「死ぬなよ、運四郎。おぬしが死ねば、あやつも悲しむ」

　振りむいたさきに、小夏が佇んでいた。

「父上、頭を冷やしてまいりました。運四郎と稽古のつづきを」

「ふふ、そうか。まあよかろう、存分にやるがよい」

「はっ」

　小夏は飴を貰った女童《めわらべ》のごとく、嬉しそうに微笑む。

　そして、きりっと口を結び、腹の底から気合いを発した。

「きぇえええ」

　小夏が竹刀を大上段に構え、前のめりに迫ってくる。

　運四郎は竹刀を軽く持ちあげ、独特の上段に構えた。

　空は快晴、椋鳥たちが機嫌よさそうに啼いている。

　剣客の集う道場に、爽やかな風が吹きぬけた。

この作品は書き下ろしです。

章扉イラスト
吉田史朗
地図製作（四－五頁）
infographics 4REAL

文春文庫

火盗《かとう》改《あらため》 しノ字組《じぐみ》（二）

武士《もののふ》の誇《ほこ》り

定価はカバーに表示してあります

2018年9月10日　第1刷

著　者　坂《さか》岡《おか》　真《しん》

発行者　花田朋子

発行所　株式会社　文藝春秋

東京都千代田区紀尾井町 3-23　〒102-8008
TEL 03・3265・1211㈹
文藝春秋ホームページ　http://www.bunshun.co.jp

落丁、乱丁本は、お手数ですが小社製作部宛お送り下さい。送料小社負担でお取替致します。

印刷製本・大日本印刷

Printed in Japan
ISBN978-4-16-791140-9

（　）内は解説者。品切の節はご容赦下さい。

稲葉 稔
ちょっと徳右衛門
幕府役人事情

剣の腕は確か、上司の信頼も厚いのに、家族が最優先と言い切るマイホーム侍・徳右衛門。とはいえ、やっぱり出世も同僚の噂も気になって…新感覚の書き下ろし時代小説！

い-91-1

稲葉 稔
ありゃ徳右衛門
幕府役人事情

同僚の道ならぬ恋を心配し、若造に馬鹿にされ、妻は奥様同士のつきあいに不満を溜めている。リアリティ満載の新感覚時代小説！　家庭最優先の与力・徳右衛門シリーズ第二弾。

い-91-2

稲葉 稔
やれやれ徳右衛門
幕府役人事情

色香に溺れ、ワケありの女をかくまってしまった部下の窮地を救えるか？　役人として男として、答えを要求されるマイホーム侍・徳右衛門。果たして彼は〝最大の敵〟を倒せるのか。

い-91-3

稲葉 稔
疑わしき男
幕府役人事情 浜野徳右衛門

与力・津野惣十郎に絡まれた徳右衛門。しまいには果たし合いを申し込まれる。困り果てていたところに起こった人殺し事件。徒目付の嫌疑は徳右衛門に——。危うし、マイホーム侍！

い-91-4

稲葉 稔
五つの証文
幕府役人事情 浜野徳右衛門

従兄の山崎芳則が札差の大番頭殺しの容疑をかけられた。潔白を証明せんと一肌脱ぐ徳右衛門。が、そのせいで妻のあらぬ疑いを招くはめに。われらがマイホーム侍、今回も右往左往！

い-91-5

稲葉 稔
人生胸算用

郷士の長男という素性を隠し、深川の穀物問屋に奉公に入った辰馬。胸に秘めるは「大名に頭を下げさせる商人になる」という決意。清々しくも温かい時代小説、これぞ稲葉稔の真骨頂！

い-91-11

風野真知雄
死霊の星
くノ一秘録3

彗星が夜空を流れ、人々はそれを弾正星と呼んだ——。松永弾正久秀が愛用する茶釜に隠された死霊の謎。狐憑きが帝の御所で跋扈するなか、くノ一の蛍は命がけで松永を探る！

か-46-26

佐伯泰英
神隠し
新・酔いどれ小籐次（一）
背は低く額は禿げ上がり、もくず蟹のような顔の老侍で、無類の大酒飲み。だがひとたび剣を抜けば来島水軍流の達人である赤目小籐次が、次々と難敵を打ち破る痛快シリーズ第一弾！
さ-63-1

佐伯泰英
願かけ
新・酔いどれ小籐次（二）
一体なんのご利益があるのか、研ぎ仕事中の小籐次に賽銭を投げて拝む人が続出する。どうやら裏で糸を引く者がいるようだが、その正体、そして狙いは何なのか――。シリーズ第二弾！
さ-63-2

佐伯泰英
桜吹雪《はなふぶき》
新・酔いどれ小籐次（三）
夫婦の披露目をし、新しい暮らしを始めた小籐次。呆けが進んだ長屋の元差配のために、一家揃って身延山久遠寺への代参の旅に出るが、何者かが一行を待ち受けていた。シリーズ第三弾！
さ-63-3

佐伯泰英
姉と弟
新・酔いどれ小籐次（四）
小籐次に斃された実の父の墓石づくりをする駿太郎と、父のもとで錺職人修業を始めたお夕。姉弟のような二人を見守る小籐次に、戦いを挑もうとする厄介な人物が―。シリーズ第四弾。
さ-63-4

佐伯泰英
柳に風
新・酔いどれ小籐次（五）
小籐次は、新兵衛長屋界隈で自分を尋ねまわる怪しい輩がいると知り、読売屋の空蔵に調べを頼む。これはネタになるかと張り切る空蔵だが、その身に危機が迫る。シリーズ第五弾！
さ-63-5

佐伯泰英
らくだ
新・酔いどれ小籐次（六）
江戸っ子に大人気のらくだの見世物。小籐次一家も見物したが、そのらくだが盗まれたうえに身代金を要求された！　なぜか小籐次が行方探しに奔走することに……。シリーズ第六弾！
さ-63-6

佐伯泰英
大晦り《おおつごもり》
新・酔いどれ小籐次（七）
火事騒ぎが起こり、料理茶屋の娘が行方知れずになる。同時に焼け跡から御庭番の死体が見つかっていた。娘は事件を目撃して攫われたのか？　小籐次は救出に乗り出す。シリーズ第七弾！
さ-63-7

（　）内は解説者。品切の節はご容赦下さい。

鳥羽 亮
謀殺
八丁堀吟味帳「鬼彦組」
呉服屋「福田屋」の手代が殺された。さらに数日後、番頭らが辻斬りに。尋常ならぬ事態に北町奉行所吟味方与力・彦坂新十郎の率いる精鋭同心衆「鬼彦組」が捜査に乗り出した。シリーズ第2弾。
と-26-2

鳥羽 亮
闇の首魁
八丁堀吟味帳「鬼彦組」
複雑な事件を協力しあって捜査する「鬼彦組」に、同じ奉行所内の上司や同僚が立ちふさがった。背後に潜む町方を越える幕府の闇に、男たちは静かに怒りの火を燃やす。シリーズ第3弾。
と-26-3

鳥羽 亮
裏切り
八丁堀吟味帳「鬼彦組」
日本橋の両替商を襲った強盗殺人。手口を見ると殺しのほかは十年前に巷を騒がした強盗「穴熊」と同じ。だが昔の一味は、鬼彦組の捜査を先廻りするように殺されていた。シリーズ第4弾。
と-26-4

鳥羽 亮
はやり薬《ぐすり》
八丁堀吟味帳「鬼彦組」
江戸の町に流行風邪が蔓延。人気医者・玄泉が出す万寿丸は飛ぶように売れたが、効かないと直言していた町医者が殺された。いぶかしむ鬼彦組が聞きこみを始めると――。シリーズ第5弾。
と-26-5

鳥羽 亮
謎小町
八丁堀吟味帳「鬼彦組」
先ごろ江戸を騒がす「千住小僧」を追っていた同心が殺された！後を追う北町奉行所特別捜査班・鬼彦組に、闇の者どもの「親子の情」が立ちふさがった。大人気シリーズ第6弾！
と-26-6

鳥羽 亮
心変り
八丁堀吟味帳「鬼彦組」
幕府の御用だと偽り戸を開けさせ強盗殺人を働く「御用党」。北町奉行所の特別捜査班・鬼彦組に追い詰められた彼らは、女医師を人質にとるという暴挙にでた！　大人気シリーズ第7弾。
と-26-7

（　）内は解説者。品切の節はご容赦下さい。

惑い月
鳥羽 亮
八丁堀吟味帳「鬼彦組」

賭場を探っていた岡っ引きが惨殺された。手札を切っていた同心にも脅迫が——。精鋭同心衆の「鬼彦組」が動き出す！　倉田佐之助の剣が冴える、人気書き下ろし時代小説第8弾。

と-26-8

七変化
鳥羽 亮
八丁堀吟味帳「鬼彦組」

同心・田上与四郎の御用聞きが殺された。与力の彦坂新十郎は事件の背後に自害しているはずの「目黒の甚兵衛」の影を感じる——果たして真相は？　人気書き下ろし時代小説第9弾。

と-26-9

雨中の死闘
鳥羽 亮
八丁堀吟味帳「鬼彦組」

連続して襲撃される鬼彦組同心の御用聞きたち。やがて明らかになる意外で強大な敵とは？　危険な戦いの中で倉田の剣が冴える、鳥羽亮の大人気書き下ろし時代小説第10弾。

と-26-10

顔なし勘兵衛
鳥羽 亮
八丁堀吟味帳「鬼彦組」

ある夜廻船問屋「黒田屋」のあるじと手代が惨殺された。賊は複数いるらしい……。「鬼彦組」は探査を始めるが、なんと新十郎が襲撃されて傷を負う——緊迫のシリーズ最終作。

と-26-11

ご隠居さん
野口 卓

腕利きの鏡磨ぎ師・梟助じいさん。江戸に暮らす人々の家に入り込み、落語や書物の教養をもって面白い話を披露、時には事件を鮮やかに解決します。待望の新シリーズ。　（柳家小満ん）

の-20-1

心の鏡
野口 卓
ご隠居さん(二)

古き鏡に魂あり。誠心誠意磨いたら心を開いてくれるでしょう——古い鏡にただならぬものを感じ精進潔斎して鏡磨ぎの仕事に挑む表題作など全五篇。人気シリーズ第二弾。　（生島　淳）

の-20-2

（　）内は解説者。品切の節はご容赦下さい。

野口 卓
犬の証言
ご隠居さん㈢

五歳で死んだ一人息子が見知らぬ夫婦の子として生れ変っていた？　愛犬クロのとった行動に半信半疑の両親は——鏡磨ぎの梟助じいさんが様々な「絆」を紡ぐ傑作五篇。（北上次郎）

の-20-3

野口 卓
出来心
ご隠居さん㈣

主人が寝ている隙に侵入した泥坊が、酒の誘惑に勝てず酔いつぶれたという隣家の話に「まるで落語ですね」と梟助さん。勢い話は泥坊づくしとなり——。大好評の第四弾。（縄田一男）

の-20-4

野口 卓
還暦猫
ご隠居さん㈤

突然引っ越したお得意様夫婦の新居を梟助さんが訪ねると、座布団に猫が一匹。まさかあの奥さまの願望が真実に!?　落語や豆知識が満載の、ほろ苦くも心温まる第五弾。（大矢博子）

の-20-5

野口 卓
思い孕《はら》み
ご隠居さん㈥

十七歳で最愛の夫を亡くしたイネ曰く「死んでも魂はそばにいるの」。そのうちイネのお腹が膨らみ始めて……。謎と笑い溢れる江戸のファンタジー全五篇。好評シリーズ第六弾！

の-20-6

藤井邦夫
花飾り
秋山久蔵御用控

神田川で刺し傷のある男の死体が揚がった。殺された晩、川の傍にたたずむ女が目撃されていた。さらに翌日、男と旧知の御家人も殺された。二人を恨む者の仕業なのか？　シリーズ第二十弾。

ふ-30-25

藤井邦夫
無法者
秋山久蔵御用控

評判の悪い旗本の部屋住みを調べ始めた久蔵と手下たち。強請の現場を目撃するが、標的となった者たちも真っ当ではない。久蔵は事情があるとみて探索を進める。シリーズ第二十一弾！

ふ-30-26

（　）内は解説者。品切の節はご容赦下さい。

藤井邦夫
秋山久蔵御用控
煤払い
博奕打ちが簀巻きにされ土左衛門になって上がった。博奕打ち同士の抗争らしい。〝剃刀〟久蔵は、わざと双方を泳がせて一網打尽にしようと画策する。人気シリーズ第二十八弾！
ふ-30-33

藤原緋沙子
切り絵図屋清七
ふたり静
絵双紙本屋の「紀の字屋」を主人から譲られた浪人・清七郎は、人助けのために江戸の絵地図を刊行しようと思い立つ。人情味あふれる時代小説書下ろし新シリーズ誕生！　（縄田一男）
ふ-31-1

藤原緋沙子
切り絵図屋清七
紅染の雨
武家を離れ、町人として生きる決意をした清七。与一郎や小平次らと切り絵図制作を始めるが、紀の字屋を託してくれた藤兵衛からおゆりの行動を探るよう頼まれて……新シリーズ第二弾。
ふ-31-2

藤原緋沙子
切り絵図屋清七
飛び梅
父が何者かに襲われ、勘定所に関わる大きな不正に気づく清七。武家に戻り、実家を守るべきなのか。切り絵図屋も軌道に乗ったばかりだが――。シリーズ第三弾。
ふ-31-3

藤原緋沙子
切り絵図屋清七
栗めし
二つの殺しの背後に浮上したある同心の名から、勘定奉行の関わる大きな陰謀が見えてきた――大切な人を守るべく、清七と切り絵図屋の仲間が立ち上がる！　人気シリーズ第四弾。
ふ-31-4

山口恵以子
小町殺し
錦絵「艶姿五人小町」に描かれた美女たちが、左手の小指を切り取られて続けざまに殺された。これは錦絵をめぐる連続猟奇殺人なのか？　女剣士・おれんは下手人を追う。　（香山二三郎）
や-53-2

文春文庫　最新刊